JN120410

白穂
宗谷 武人（人生を交換した後の俺）

佐々木 裕子
中学の
班員たち
江藤 リエ
時岡 真琴
FRE
HUG

男女比がぶっ壊れた世界の人と
人生を交換しました

contents

第一章　女神に請われて、人生を交換しました

四月四日。入学式を翌日に控えた早朝、俺はいつものトレーニングをするため家を出た。

近所の公園まで走ると、満開の桜が俺の目に飛び込んできた。

降り散る花びらが、なんて幻想的なのだろう。

明日から俺は、男子高校へ通う。男だらけの三年間だ。


——ちっくしょぉー！　彼女欲しぃー!!


中学校の三年間、マジでモテなかった！　あんなにがんばったのにっ!!

小学生のとき、クラスの人気者はコミュ力が高いか、スポーツができるかの二種類だった。「頭がいい」がその中に入っていないのは意外だが、小学生ならそんなものだろう。

当時、俺のあだ名は「とっつぁんボーイ」、「昭和ガンコ親父(おやじ)」、「ゴリゴリ夫(お)」などと幅広い。それだけで俺がどんな容姿をしているか、想像がつくと思う。

はっきり言ってこのまま成長したら、俺の将来は暗い。結婚どころか、女性とお付き合いするこ

とすら一生不可能だと、小学生ながら本気でそう思った。

「――思えば、アレがいけなかったんだろうな」

俺の容姿は変えられない。ならば、どうすればモテるようになる？　考えに考えた結果は、「コミュ力は無理だから、スポーツでがんばればいいんじゃね？」というものだった。

幸い近くに空手と柔道の道場があったので、そこに通うことにした。

「強い男はモテる」と聞いて、実行したのだ。

「……強くなったよ！　ちょー強くなったさ！　けど、マジでモテなかったんですけどぉ!?」

ひたすら道場で汗を流し、腕を磨いた中学生時代。

青春をすべて費やしたところで、その腕を見せる機会は皆無。あたり前の話だ。教室にテロリストなんか襲ってきやしない。空手や柔道が日常生活で役に立つことなんてないのだ。

そして、武道にかまけて勉強しなかったツケが受験にまわってきた。

「……せめて共学校に行きたかった」

受験に失敗した。第一志望の共学校に落ちてしまったのだ。

「まっ、ちょっと危険かな」とは思っていたが、滑り止めに受けた文武別道（※両道ではない）のむさ苦しい男子校しか受からなかったのだ。

「男子校になんか行きたくねえよ！　ちくしょぉおおおお!!」

魂の叫びが出た。船から断崖(だんがい)を見上げた黒衣の騎士だって、こんな叫びは出せないだろう。寝ていた邪神すら、目を覚ます怨念だと思う。

「じゃじゃーん、そんなあなたに朗報です！」

頭上から声が聞こえた。

「えっ、だれ？」

「はい、わたしは通りすがりの女神で、白穂（はくほ）といいます。あなたはいま、男子校に行きたくない、女性に超モテたいと思っていませんか？」

「思ってるもなにも、いまそう叫んだだろ。というか、女神？　浮いてるんだけど……？」

背丈はおよそ俺の半分ほど。それがプカプカと浮いている。なにこれ？

「そりゃ女神ですから（ドヤァ）、浮くくらい、なんでもありません。繰り返しますが、そんなあなたに朗報です！　女性にモテモテの人と、人生を交換してみませんか？」

織姫（おりひめ）か乙姫（おとひめ）みたいな格好の自称女神が、桜の舞い散る中でドヤ顔している。なかなかシュールな光景だが、それより気になるワードがあった。

「モテモテの人と……人生を交換する？」

「そうです。わたしの超お気に入りの男の子がですね、『モテモテの人生は嫌だ。女性にモテない人生を送りたい！』と言うのです。それはもう、わたしに必死に祈ってくるのです。お気に入りの男の子がですよ？　そんなに祈られたら、なんとかしてあげたいじゃないですか！　ですから、人生の入れ替わりをしてくれる人を探していたのです」

なにそのうらやまけしからん境遇は……だが待てよ。それってなにか裏とか、罠（わな）があるんじゃ？

焦（あせ）っては駄目だ。試合では、残り時間が少ないときほど冷静になれと指導された。

「あの、女性にモテモテ……というのは非常に心惹かれる話ですが、たとえば本人や周囲に問題があるんじゃないですか？　病気がちや借金まみれ、寿命が近い、もしくは家庭環境が最悪とか」

うまい話には裏がある。いや、うまい話には裏しかない（※生活リサーチセンター調べ）。

とくに初対面の相手にそんなおいしい話を持ってくる場合、十中八九、落とし穴があるはず。

「いえいえ、裏なんかありませんよ（キッパリ）。人生を交換するのは、これから共学校へ通う健康健全な十五歳のイケメン男子です。家庭環境は普通ですし、借金どころか金持ちの部類ですね。近所の評判もメチャクチャよくて、本人どころか家庭環境に、問題はなにひとつ見当たりません。とにかく人生を交換したら、あなたのモテモテは女神のわたしが保証します。ただし……」

「……ただし？」

「その人はですね、女性から好かれること……いえ、周囲に女性がいることすら不快に感じています。これは心の問題ですので、どうしようもありません。ですからあなたと身体を入れ替えた場合、その身体で生涯独身を貫くことでしょう」

「…………なるほど」

理解した。それは重度の女性恐怖症だ。

中三にして体重百キロオーバー、ゲジ眉に四角い顔の俺からしたら、なんとも贅沢な悩みだ。

言うと悲しくなるが、この身体は童貞を貫くには最高の環境だぞ。

なにしろ女が寄ってこない。それだけは保証できる。

「それにですね、双方の記憶を保持できますから、入れ替わったあとの生活にも困りません。それとしばらくは、わたしがサポートします。女神のサポート！　これはお得ですよ!!」

たしかにお得な話だ。このままだと大学に行ける頭もないし、就職先はこのガタイを生かして警察か警備会社だろうと思っていた。

女子との出会いは、社会に出てからだろう。だが、少ない出会いをモノにする甲斐性は……俺にはないな。結婚できる気がしない。

「家のことは兄がいるからいいとして……もし俺が入れ替わりを承諾しなかったらどうする？」

「別の方、それも心の底からモテたいと考えている方に、この話をもっていきますね」

なるほど。入れ替わる相手は、俺でなくてもいいようだ。俺自身、この身体に愛着はある。

だが、女神の話も魅力的だ。なにしろ俺はモテたい。ものすごくモテたい。これまでだって、仲良くしている男女をどれだけ羨ましく眺めたことか！　一緒に下校するカップルを早足で追い抜かし、道場へ直行する悲しさといったら……嗚呼、思い出したら涙が出てきた。

そもそも俺は、モテたくて武道を始めたのだ。

強くなればモテると考えてのめり込んだが、本末転倒だった。

ガタイばかり立派になっても、これっぽっちもモテやしなかった。

そんな思考の海に沈んでいると、女神が「どうします？」と迫ってきた。

「その人物とチェンジすると、モテるようになる？」

「モテます！　女神が保証します。高スペックの健康体にイケメンの容姿。それに周囲も羨む家庭環境。モテない要素がありません！」

「相手は俺の身体を使って、なにをするの？」

「それは分かりませんが、わたしが気に入っている男の子ですよ。悪い子ではありません。きっとあなたの身体のスペックを存分に活用してくれることでしょう。ただし、一生童貞です」

一生童貞か。それはまあ、入れ替わらなくても結果が……いや、考えるのはよそう。

人生八十年としたら、残りは六十五年。非モテ街道まっしぐらの俺が生まれ変われる機会は、この瞬間しかない。幸運の女神に前髪しかないのは、有名な話だ。

「おっ、決めたって顔をしてますね」

「ええ、決めました。入れ替わりをお願いします。俺をモテ男に！　モテモテの人生に変えてください！　多少不便なことがあっても、気合いと根性で乗り切ってみせます！」

「その言葉を待っていましたっ!!」

どこぞの闇外科医のようなことを言って、女神は俺の頭に手を置いた。

ヒュンとする感覚を最後に、俺は意識を手放した。

女神さん、いきなりすぎやしませんかね？


「……ここは？」

目を開いたら、視界に緑が飛び込んできた。葉をたっぷりと繁(しげ)らせた大木が乱立し、よく繁った葉が日差しをこれでもかと遮(さえぎ)っている。鳥のさえずりが近くで聞こえる。

目の前に小さな祠があり、くだんの女神は、そこに浮いていた。

「どうですか？　あなたはいま、宗谷武人くんになりました。記憶はどうですか？　混乱していませんか？」

言われて記憶を探る。うん、問題ない。

もとのモテないときの記憶と、この身体の記憶の両方を持っている。

「記憶は、大丈夫みたいです」

同時に、ここがどこだかも分かった。ここは、この身体の持ち主が女性から隠れるためによく利用していた場所だ。忘れ去られた祠をコツコツと一年かけて修繕し、いまの形にしたらしい。

スペックが高いのは本当のようだ。なかなか器用なことをする。

どうやら最近は、毎日ここで祈っていたようだ。というか最後の記憶が、一心不乱に祈っていたものってどうよ？　この女神、本人の承諾なしに、身体を入れ替えただろ。

「よかった。記憶は大丈夫のようですね」

「ああ、この身体の記憶ももんだ……ん？」

この身体の持ち主がなぜ、ここに来ていたのか理解できた。

たしかに彼はモテている。モテモテだ。それは間違いない。

イケメンで高スペックなのも女神の言った通りだ。家庭環境も問題ない。コミュ力はお察しだが、それは周囲に女性しかいないからで……女性しかいないからで……いないっ!?　えっ!?

「どうしました、武人くん？」

女神がニマニマと笑っている。

「女神っ、てめっ！　ここ、日本じゃねえだろっ！」

「まさか、ここは日本ですよ。武人くんが住んでいるのは東京ですし、お互い日本語を使っているじゃないですか」

さも心外だと言わんばかりに、女神がヤレヤレのポーズを取る。だが俺は騙されない。

「日本は日本でも、住所が東京特区ってなんだよ！　二十三区にそんな名前の区なんかねえよ！　そもそもこの世界、男女比がおかしいだろっ!!」

「それはそうですよ。ここは並行世界の日本ですから、多少の誤差はしょうがないです。すべて誤差です、誤差。あっ、でも明日が高校の入学式なのは変わりません。共学ですよ、共学。よかったですね！」

女神の言葉も、半分しか耳に入らない。たしかに嘘は言っていないが、大事なことを話してねえじゃねえか、この女神！　この身体の持ち主の記憶を探れば探るほど理解できる。そりゃモテるはずだ。なにしろこの世界では、男が極端に少ないのだから。

「マジかぁあああああ！」

俺は絶叫した。

「そりゃ、人生を交換する相手を並行世界から探すわけだ。この世界なら、どんな男と入れ替わっても、境遇に大差ないわけだし」

男女比がぶっ壊れていて、女性が社会を動かしている。

そのせいで、男性の考え方も、もとの世界と大きく違っている。

「そうなのですよ！　ですからとても感謝しています。日に日にやつれていく武人くんを見るのが忍びなくて……」

女神はよよよと泣き崩れる仕草をするが、普通に嘘泣きだ。

たしかにこの身体の持ち主は可哀想ではある。

最近はずっとここで祈っていた。一心不乱に祈っていた。

このままだったら精神を病むか、自殺していただろう。それだけ本人は追い詰められていた。

不憫に思ったのか、女神は本人の前に一度だけ姿を現している。だが彼は、女神を見るなり失神している。薄れゆく意識の中に、ムンクの「叫び」もかくやと、慌てた女神の顔がある。

意識を取り戻したあと、本人は女性を恐れるあまり夢を見たと思ったらしい。涙が出るわ、そんなもん。

それ以降、女神はこの身体の前に姿を見せていない。

しかしこの身体の持ち主、こんな豆腐メンタルで、よく十五歳までやってこられたと思う。

「中学時代は……普通に過ごせているが……ああ、そういうことか」

同じ班の女子に、かなり気を遣われている。情けないことだが、渉外――つまり、他の女子との交渉はすべて班員任せで、接する女性の数を極力減らしていた。

それで多少なりとも、精神を持ち直したのか。

だが中学を卒業する前、運命は残酷に微笑んだ。

この特区には、男子校と女子校、それに共学校があり、男性だけは行政による振り分けで通う高校が決まる。ごく少数の男だけ、共学校へまわされるのだ。

イケメンで高スペックがマイナスに働いたのだろう。共学校へ回されるのは、容姿が整っている者が多い（※理由はお察し）。

これまで家族に守られ、学校では班員の女子に守られていた。凪(なぎ)の海にいたのに、いきなり荒波に漕(こ)ぎ出さねばならなくなった。

その精神的ストレスは理解できる。問題はそれだけではない。

「大学生と共学校の男子は、男性奉仕活動(だんせいほうしかつどう)が必須なのですよ。武人くんはそれが心の重荷になったのですね」

女神が腕を組んで、うんうんと頷(うなず)いている。俺の思考を読んだのだろうか。

男性奉仕活動、いわゆる奉活(ほうかつ)は、国が定める数少ない男性への義務だ。

大学では男性の必修科目に入っているし、共学校も同じ。毎年、規定の回数をこなさないと卒業できない。それができないと、規定回数をこなすまで卒業延期になる。社会がより多くのお金を男性にかけているのだから、最低限の「お返し」は必要ということだろう。

この奉活は昔、義務を果たさない社会人と大学生にのみに課せられていたらしい。

そこへ女性諸氏の強い……それこそ血を吐くような必死の訴えによって、高校生の男子まで範囲が広げられた。だが、男子を持つ親が大反発し、最終的には比較的女子に慣れている共学校の男子のみということになった。

細かいことだが、男子校にも義務があるのだが、特別に免除されているという扱いだ。

「いろいろ予想と違ったけど、モテは事実だし……まあいいか」

俺はそう思うことにした。

奉活だって、女性に望まれて行うのだ。そんなの、俺にとってご褒美でしかない。

「それで、俺の生活をサポートしてくれるんですよね」

世界が違えば、勝手も違う。いくらこの世界の記憶があるといっても、わずかな差異が致命的な結果を招くことだってある。それに俺は、女性とのコミュ力はお察しだ。

経験不足と知識不足から、いろいろやらかしそうな気がする。

「女神のサポートですね！ それはもちろんです。バッチリフォローしますよ。なにしろわたしが力を取り戻したのも、武人くんがこの祠の手入れを欠かさなかったからです。大船に乗ったつもりでいてください」

女神がどんっと胸を叩く。

「それはありがたい」

「ですがわたしでも、どうにもならないことがあります。なんと言いましょうか、女神パワー？」

「女神パワー？」

なんだそれは。

「わたしは人々から忘れ去られた古い神ですので、武人くんに放置されてしまうと、死んでしまいます」

「ウサギかっ！」

「似たようなものです。ですから定期的に掃除に来てください。それとお供え物もお願いします。その二つさえ守ってくれれば、対価としてわたしの助言が得られます」

「サポートを受けるのに定期的な掃除とお供え物が必要なのか。逆に、それだけでいいのか？　なんかこう、存在を世間に知らしめて信者を増やすとか」

「わたしは疫神として奉られていますからね。この科学技術が発達した現在では、必要ない力なのですよ。武人くんを幸せにするくらいで、ちょうどよいのです」

「お供え程度でいいなら、そうするけど」

　慎ましやかだな、女神パワー。けど疫神って……。

「わたしは森羅万象を通して、世界を知ることができます。きっと役に立つアドバイスができるでしょう」

　なるほど、さすが女神。「さすめが」だ。それは非常に助かる。

「そういえば、この身体の持ち主は、俺の身体に入ったんだよな。突然入れ替わって混乱しているんじゃないか？」

　残された記憶からすると、一切説明せずに、俺がもといた世界に連れて行かれたようだが。

「それはもちろん、サポート済みです」

「サポート済み？」

「はい、向こうでわたしが事情を説明したら、とても喜んでくれました。わたしもずっと彼を陰ながら見守りました。いい人生でしたよ。高校、大学とワンダーフォーゲル部に入って山を歩き、卒業後は登山家として活動。多くの山を制覇して、幸せな一生を送ったといえます」

女神がドヤッとした顔をした。

「ちょっと待て！　なんでもう人生を終えてるの？　時間軸とかどうなってるわけ？」

「そりゃ女神ですもの。わたしは空間と時間には縛られません。というわけで彼は、向こうで幸せな一生を送りました。もとに戻りたいって言われても、クーリングオフ不可です」

「それはまあ別に……俺の身体で幸せな人生を送れたんだったら、それでいいけど」

俺だって、こっちで幸せになればいいわけだし。しかし登山家か。入れ替わらなかったら、そういう道もあったのだろう。一生、女性と縁がなかっただろうけど。

「それで質問とかありますか？　初回限定で、なんでも答えますよ」

質問か。なにかあるだろうか。いっぱいありそうな気もするし、取り立ててない気もする。

「そういえば出会ったとき、白穂って名乗っていたよな。それに疫神って……一体なにをやったんだ？」

知らない神様の名前だったので、ちょっと気になっていた。

「わたしのことですか？　いまから千年くらい前に、とても大きな飢饉があったのです。日照りで田んぼがカラカラに乾いて、稲がみんな真っ白になってしまったんですね。そのとき、この周辺に住んでいた人たちが唯一、緑の多かったここに祠を建てて、わたしを奉ったのです。水不足によって枯れ果てた稲のことを白穂といいまして、それがわたしの名の由来です」

「ん？　飢饉を鎮めるために祀られた感じ？」

「そんな感じですね。長い年月が過ぎて治水が進み、飢饉の存在が忘れ去られました。もちろんわたしの存在も。ですがつい最近、武人くんの尽力によって、わたしは力を取り戻したのです」

「なるほど……信仰が力になるのかな」

掃除とお供えが必要と言っていたし。

「そういう認識でもいいです。お供えはおいしい食べ物でお願いしますね」

なかなか欲に忠実な女神だ。食欲というところは、飢饉が関係しているのだろうか。

「それで俺は、高校でどういう態度を取ればいいんだ？　これまで女の子と喋ったこともないんだけど」

急にモテると言われても、どうすればいいのか分からない。

「普通に接してあげればいいと思いますよ。多くの女性たちも、それを望んでいますし」

「普通ってなんだよ！　いままで本当に、女子と話したことないんだって！」

情けないことに、その普通が分からない。女子も俺に、イエス・ノーで答えられることしか聞いてこなかった。よほど話したくなかったのだろう。

四角い顔に太い首、毛むくじゃらの二の腕、がに股の中学生と、好き好んで雑談する女子はいなかったってことだ。

「話しかけなくても大丈夫です。目があったら笑いかけて、手でも振ってあげればいいのです」

「手を振る……それならできるかな」

女子との会話は慣れてからでもいいだろう。うん、ゆっくり行こう。

俺はいま、スタートラインに立ったばかりなのだ。

焦る必要はない。そう考えると、少しだけ希望が見えた気がした。

第二章　男女比がぶっ壊れた真実

女神と別れたあと、けもの道を進んで、なんとか森を出た。この場所の記憶を探る。

「なるほど……千代田区と中央区と港区が東京特区になっているのか。ここは、その中でも海に近いあたりだな」

自然豊かな景観が広がっているので信じられないが、ここは東京のど真ん中だ。俺の住む家は、この先にある住宅街の中。空気もうまいし、車も走っていない。

都心でこんな景色が拝めるとは、すごいな並行世界。

住宅街に入って少し歩くと、もとの世界では見たことのない建物が目に入った。

円柱形をしていて、大きさはＡＴＭの建物よりやや狭い程度。天井が緩くカーブしている。

銃の弾を地面に立てたようなフォルムだ。

公衆トイレのようにも見えるが、これはこの世界独特のもの……というか、特区にだけ存在する建物『配達ポスト』だ。町での買い物や通販の荷物は、ここで受け取ることができる。地下のベルトコンベアで運ばれてくるらしい。無人の商品受取所と言えば分かりやすいだろうか。

「配達ポストは記憶にあるけど、使ったことないんだよな」

どうやらこの身体の持ち主は、荷物の受け取りすら家族に任せていたようだ。

人に見せたくない荷物もあるだろうに……いや、ないのか。

この配達ポスト、外からだと中は見えない。

「宅配業者はいないのか？　家庭に配達だって……ああ、特区は人口が少ないのか」

女神が言った通り、記憶が徐々に蘇ってきた。

どうやら特区は、オートメーション化を極限まで推し進めているようだ。

「配達ポストはもとの世界になかったし、中を見てみたいな……っと残念、使用中か。えっ!?」

スライドのドアが開き、中から女性が出てきた。まさか俺がドアの外に立っているとは思わなかったようで、相手の女性も「えっ!?」と呟いて固まってしまった。

互いに無言。相手の女性はストレートな長い髪に華奢な身体。キメの細かい肌をした美人さんだ。二十代そこそこといった感じ。つまり……。

「…………」

「…………」

俺がまともに話せる相手ではない。相手もなぜか無言。気まずい。ものすごく気まずい。

しかしこの女性、なぜ動かないのだろう。

よく見ると、女性の視線が俺ではなくその左右に注がれている。

俺が立っているのは階段の中央で、左右には手すり。俺が道を塞いでいたのだ。

「ああ、すみませんでしたっ」

彼女も俺と同じコミュ障らしく、どう伝えていいか分からなかったようだ。

俺が脇に避けると、彼女はゴニョゴニョと小声で呟きながら、すれ違っていった。

出会い頭は心臓に悪い。鼓動が早まってしまったが、もう大丈夫だ。

落ち着いたところで、俺は気づいた。

「ここ……用もないのに、勝手に入っていいのか？」

銀行のＡＴＭ機器の前には、これでもかと防犯カメラが設置されている。ここも同じだろう。荷物を受け取るわけでもない人間が中に入って、あちこち眺めてから去っていく。

不審者丸出しではなかろうか。

「……あのっ」

取手に手をかけながら悩んでいると、声をかけられた。振り向けば、先ほどのお姉さん。

「は、はい？」

声が上ずったのは許してほしい。女性に話しかけられるのには、慣れていないのだ。

「もしかして……お手伝いできること、ありますか？」

どうやらこのお姉さん、心配して戻ってきてくれたようだ。

「ここ、いままで使ったことがなくて、中を見たかったんです。ただ、勝手に入っていいのか、悩んでしまって」

正直に告げると、お姉さんは少しだけ驚いた顔をしたあと、クスリと笑った。

「利用したこと、ないですか？」

「……はい」

「男性の場合、ご家族の方が取りに行くケースが多いといいますしね」

お姉さんは一人で納得して、「よろしかったら、使い方を説明しますけど」と言ってきた。

優しい。この女性、なんて天使なのだろう。惚れてしまいそうだ。

「いいんですか？　お、お願いします」

この世界に来て第一村人ならぬ、第一町人が親切な人でよかった。

けどお姉さん、小さくガッツポーズ決めているけど、なにかいいことあったのだろうか。


「……という感じで、アプリを開いてお店から貰ったコードを読み込ませるか、発行してくれた十桁の数字を入力すると、商品が地下の格納庫からこの棚まで移動してきます」

「すごいシステムですね」

ちょっと感心してしまった。大きさと重さの上限はあるが、それ以外は自由。

ダンボール箱ならそのまま、樹脂でできた専用の箱の場合は、中身だけ受け取る。

樹脂の箱は回収されて、自動洗浄のあと再利用される。

「受け取りは二十四時間以内と決まっていて、それを過ぎると、保管代がかかります」

「なるほど、倉庫代わりにはできないわけですね。……この赤くて大きなボタンは？」

入り口の横にも同じボタンがあった。緊急用なのか、赤いボタンはよく目立つ。

それがこの狭い部屋の中に四つもあった。

「絶対に触らないでください。お願いします」

お姉さんが急に弱気になった。ビクッ、ビクッとしている。

「むやみに触りませんけど……これ、なんです？」

「非常用ボタンです。押すとサイレンが鳴って、赤灯が回ります」

お姉さんがガタガタと震えだした。なにかトラウマでもあるのだろうか。非常用ボタンと聞いて、この身体の記憶が蘇ってきた。公共施設の男子トイレに、同じものがあった。

「トイレにあるやつか」

「そうです、そうです。特区退去だけは勘弁してください。わたしはあの人たちとは違うんです」

お姉さんは、両耳を塞いで呪文のようなものを唱えている。

やはり、なにか嫌な出来事があったのだろう。

あまりの様子に、俺は「大丈夫ですよ、なにも心配いりません。安心してください」と何度も励ますことになった。こんな綺麗(きれい)なお姉さんがトラウマを植え付けられるのだ。もしかして特区って、怖いところ？

お姉さんを宥(なだ)めて、一緒に配達ポストを出た。

どうやらつい最近、会社で男性に関するトラブルがあったらしい。

情緒不安定なのは、仲のよかった同僚がみんな、特区退去処分になったとか。

俺はお姉さんと別れて、家に向かって歩いた。

住宅街にあるどの家も、庭が広く取られている。とてもいい環境だと思う。

「高級住宅ばかりだな」

もとの世界にあったタワーマンションはひとつも見当たらない。

高い建物がほとんどないのだ。

住宅街の中をしばらく歩いて、ようやく自宅に到着した。

「ここが俺の家か。大きいし、庭も広いな」

自宅は、大きな白亜の洋館だった。

なぜこんな立派な家に住んでいるのか記憶を探ったら、ちょっと驚いた。

「タケくん、おかえり」

「ただいま、姉さん」

玄関に入ると、姉が出迎えてくれた。家のセキュリティは万全で、敷地内にだれかが侵入すると、すぐに通知がくる。これはだいたいどの家でも同じだ。

俺には母と姉がいる。関係はどちらとも良好。父親はいない。母は人工授精で俺たちを産んだ。

科学の発展度合いは、もとの世界と大差ないと思う。ただ出産や子育て、それに人工授精に関わることだけは、もとの世界より進んでいる。とくに出産のリスクは、かなり軽減されている。

身の回りの機械化も進んでいるが、これは人口が少ないからだろう。

俺が先ほど驚いた、わが家がこんなに大きい理由。どうやら叔母家族と同居しているらしい。

特区に住むには金がかかる。せっかく俺という男子がいるのだから、母はそれを活用しようと思い立ち、大きな家を借りて、叔母とその二人の娘を呼び寄せたようだ。

ちなみに男子が家族にいる場合、税制面でかなり優遇される。母親の負担は少ないのだ。

これは生活苦で息子を売ったり、劣悪な環境に置いたり、特区の外に住むしかなくなったりするのを防ぐためだ。その優遇措置をうまく利用して、叔母家族の住居もちゃっかり確保したあたり、母もなかなかやり手だと思う。叔母も優秀らしいので、このへんは血筋かもしれない。

「タケくん、今日も北の森に行っていたの？」

「うん」

どこに出かけたとかは、詳しく話していない。一人になりたくて出かけていると思われているため、母と姉は静観してくれている。いい家族だと思う。

もっともスマートフォンの位置情報で、すべて把握されているが。

それと叔母家族は、俺と顔を合わせないようにしてくれているらしい。

これは叔母家族の配慮だ。叔母と二人の娘とは、家の中で会えば挨拶する程度の間柄。

これは向こうが遠慮しているところが大きいと思う。

叔母とは普通に話すが、二人の娘と一緒に遊んだり、話したりした記憶はあまりない。

小学生の女の子たちなので、できれば関係改善していきたい。

「明日はタケくんの入学式でしょ。今日は母さん、早く帰ってくるみたい」

「へえ、珍しいね」

いつも帰りは深夜になっているだけに意外だ。

「プロジェクトが一区切りついたって言ってたし、それでだと思う」

母は物流のオートメーション化を推進する仕事をしている。

特区の流通は一種独特で、母はそれの開発に携わっている。詳しい話は聞いていないが、母の部屋にはプログラミング関連の書籍が並んでいる。優秀なプログラマーなのだろう。

この特区内の地下にある配送トンネルを管理しているのだ。

もとの世界の地下鉄ほどには、作るのは難しくなかったのだろう。結構、網の目のようにトンネル網が張り巡らされている。そこでは二十四時間、さまざまな物資が行き来している。

たしか百年ほど前のマンハッタン島では、地下に圧縮空気を利用した郵便物のシューター網が完備されていたらしいから、そんな感じだろうか。

大型輸送車が地上を走ることが少ないのは、その功績といえる。

流通の効率化のため日夜頑張っているのだから、頭が下がる。

「俺も将来、母さんみたいな職に就こうかな」

どうやらこの身体の持ち主は、かなり頭がいいようだ。望めば研究者にもなれただろう。

俺はどうだろうか。

「母さんは喜ぶかもしれないけど、タケくんは無理しなくていいと思う。中央府の特区管理官とかどう？」

「……そうだね。特区管理官なら、男性相手の仕事がメインになるからいいかもね」

ためしに将来について話を振ってみたが、やはり賛成はしてくれなかった。一般男性の就職先として多いのが、役所職員などのいわゆる地方公務員。これには教師も含まれる。

地方公務員の中でも、特区に関連した中央府に勤めている男性が多いらしい。

その上の国家公務員に就職する男性がそれなりにいる。

男性の官僚と男性の政治家、その秘書などで、独特の世界をつくっているらしい。

男性が就く職としては、他に医者や芸術家、芸能人などがある。自営業もいるが、繁盛すると口コミで話が広がり、商売がやりにくくなるそうだ。冷やかし客が多いのだろう。

いずれにしろ一般企業に就職する男性は、ほとんどが母親のツテで囲い込まれた人たちなので、姉としては賛成しかねるのだろう。

「タケくんは、特区の中だけで働ける場所がいいと思うよ」

「そうすると、地方公務員かなあ……」

俺たち家族が住んでいるこの東京特区は、正式な住所として存在している。

同じような特区が他に三つ。仙台と大阪、それと博多にある。ほとんどの男性は、四つの特区のどれかに住んでいる。

特区に住める女性はかなり少なく、男性一人に対して女性十人から二十人に制限されている。

時代によって上限が変わってくるようで、いまはギリギリの二十人だ。もちろん許可証さえあれば特区外から通勤することも可能だし、手続きをすれば観光で特区に入ることもできる。

ゆえに日中は、特区外から通勤や通学にやってくる女性が大勢いる。

このような女性の居住を制限する制度は、男性を過度に怯(おび)えさせない措置である一方、女性たちの競争心を煽（あお）る側面も持っている。

特区には男性が住んでおり、最先端の技術がふんだんに注ぎ込まれた住みやすい場所だ。

自然も豊富という最高の環境なので、女性は特区住まいに憧れる。

それが無理ならば、特区で働くことを夢見るのである。

ちなみに四つの特区のうち、東京特区が一番狭い。早くから発展してきた東京は、残念なことにこれ以上、面積を広げられないのである。

俺は少し気になったことがあったので、リビングのテレビを点（つ）けた。

姉はちゃっかりと、俺の隣に座っている。

テレビ局の名前は、もとの世界と違っていた。これは開局者が違うからだろう。

「やっぱりか」

画面に映っているのは、女性ばかり。この頃になると、記憶もかなり自由に思い出せるようになっている。テレビのことを考えると、それに関連した記憶が自然と浮かんでくるので便利だ。

いまやっているのはクイズ番組。司会も解答者もみんな女性だった。

しばらく眺めたあと、チャンネルを変えると、バラエティ番組がやっていた。お笑い芸人らしき女性が持ちネタを披露していたが、そこだけ見てもあまり面白いものではない。

さらにチャンネルを変えると、現代モノのドラマだが、登場人物はみな女性らしい。

「……ん？　男装しているけど……ああ、男形（おとこがた）か」

記憶にあった。歌舞伎には女形（おやま）という、男性が女性に扮（ふん）する役柄があるが、この世界では逆だ。

口調と服装を男性に寄せることで、その人物を男性として登場させていますと暗黙の了解を促しているのだ。これも男性が少ないことによる、苦肉の策だろう。

「でも、男もいるよな。ポスターとかで見たことあるぞ」

「どうしたの、タケくん」

姉が聞いてきた。

「テレビで男の俳優が出てこないなと思って」

「そうねえ。映画なら必ず出てくるけど、やっぱりテレビだと、難しいんじゃないかな」

たしかに映画のポスターには、必ず男性が登場している。集客効果を見込んでのことだろう。

男性の映画俳優は、なかなかテレビに出てこない。ゆっくりと記憶を探ってみたところ、テレビに出る男性司会者や、男性タレントはいる。夜七時以降のゴールデンタイム頃から登場し始める。ただし、全員それなりに歳(とし)を取っている。あまりテレビに出る若い男性はいないようだ。

やはりこの辺はもとの世界と大きく違う。関連した記憶をさらっていくと、面白いことが分かった。男性芸能人の活動期間が結構短い。人気がなくなって干されるわけではない。自主的に引退するのだ。芸歴が十年に近づくと、ファンの間でも「そろそろかな」と囁(ささや)かれはじめ、十年から十五年くらいで一般人に戻っている。

長く続けている芸能人たちは仕事をセーブし、あまり頻繁に露出していない人たちだ。

男性歌手などもそう。数年に一度、新曲を発表し、それからしばらくは活動休止状態を平気で続けている。

長く続けるコツかもしれないが、なんというか商業主義に喧嘩を売るような活動方針だと思う。

自分の部屋に戻り、スマートフォンでいろいろ調べた。

記憶はそのまま受け継がれているが、まだ記憶と知識が完全に繋がっていない感じだ。

「おっ、出てきた」

ためしに、先ほどテレビに出ていた女性お笑い芸人の名前を検索してみた。水泳キャップを被って踊る『ミラクルダンス』という芸で一世を風靡したらしい。うん、どうでもいい。

あと気になったのは、ドラマで女性が男性役をやることだが、この辺については、ドラマファンのブログに詳しく書かれていた。やはり男性が足りないらしい。とくに若い男性タレントはテレビではなく映画を活動拠点にしていて、普通のドラマにはなかなか出演してくれないようだ。

「なんでそんなに男性が足りないんだ？」

容姿に自信があったら、積極的に芸能活動をすればいいのに。

たとえば、中高生のうちからデビューすれば、一時代を築くことも可能だと思う。

実際、映画俳優とかではいるにはいるが、テレビタレントとしては、驚くほど少ない。

「……？　おっ？　あっ、ああ、そうなのか」

記憶の奥底に眠っていたものが、感情とともに蘇ってきた。一般的な十代の男性は、この世代特有の潔癖症というか、社会性が未発達ゆえに、あまり表に出たがらないようだ。

親戚のおばさんたちに対してうまく受け答えできない感情に似ている。

そして大人の女性から注がれる濃いねっとりとした性的な視線に嫌悪感を抱いている。

十代の男性は、そういう対象として見られることが嫌なようだ。

「なるほどな……昔はよかった？　どういうことだ？」

ブログにそんなコメントがあった。同意している人が多いので、理由がありそうだが。

「ふむ……男性俳優・昔、で検索してみるか」

この身体の持ち主も知らないことらしいので、検索結果を上から眺めていくと……。

「ああ……再放送できないのか」

どうやら二十年くらい前までは、それなりに男性もテレビに出ていたが、権利や許可の関係で、その頃の番組の再放送が難しいらしい。

というのも、男性タレントは十年くらいで引退していく。

芸能人として十分稼いだのだから、あとは一般人として静かに暮らしたいと思うらしい。

「需要がなくなるわけじゃないんだな」

ここで出てくるのが『忘れられる権利』だ。そう、この世界では忘れられる権利がしっかりと保証されている。事務所で芸能活動を続けていればまだしも、完全に一般人になってしまった男性へコンタクトを取るのは難しい。そのせいで、その人が出演していた過去のＶＴＲが再放送できないのだ。もちろん、出演者の許可さえ得られれば可能なのだが、なかなか難しいのだろう。

「だから昔は良かった、か……」

男性が引退すると、過去の映像含めてお蔵入りになるため、リアルタイムで知っている人たちが懐かしがっているのだ。同時に当時を知らない若い世代が、それを見たがっている。

ネットでの噂くらいしか知らないため、その男性をひと目見たいという思いが募る。

「忘れられる権利がしっかり仕事しているけど、需要と供給がまったく合ってないじゃん」

もとの世界では、売れるために努力し、ライバルと切磋琢磨しつつ機会を待つ。それが当たり前だ。そして運良く脚光を浴びたとしても、今度はそれを維持するために、さらなる努力が必要になってくる。

だがこの世界では、テレビに登場する男性が慢性的に不足している。

常にだれか来てくれという状況だ。それがテレビ局側と視聴者側で一致している。ただし、十代でデビューする男性は少ない。限りなく少ない。

なんというか、この世界も闇が深いなと思ってしまった。


夕方、電子音が鳴り、壁のディスプレイが映像を映し出した。

「母さんが帰ってきたのか」

家の敷地内は常にカメラによって監視されており、人の動きがあるとリビングや寝室などに通知がいく。

特区では、火災報知器に加えて、監視システムの導入が義務づけられている。

「ただいま帰ったわ」

母が自分で鍵を開けて、玄関に入って来た。

多少疲れた顔をしているが、仕事のできるキャリアウーマンという感じだ。

薄手のブラウスの上にジャケットを羽織った姿がよく似合っているし、本人のスタイルもよい。

母も姉も美人なので、自分の家族というのが信じられないくらいだ。

女優が演じるホームドラマのワンシーンと言われても、信じてしまいそうだ。

「「おかえり、母さん」」

俺と姉で、母を出迎えた。

「あら、タケちゃんも戻ってたのね。明日は入学式でしょ。ほらっ、鯛を買ってきたのよ。見て見て」

母は一抱えもありそうな発泡スチロールの箱を俺に手渡した。

蓋を開けると、敷き詰めた氷の中央に、真っ赤な鯛が鎮座していた。

「えっ、一尾まるごと？　もしかして、私が……捌くの？」

姉がおそるおそる母に聞いている。

日頃、家族の夕食を作っている姉でも、鯛を捌いたことはないようだ。

もとの世界でも鯛を捌ける十代は、ほとんどいないと思う。

「もちろん、私がやるわよ。今夜はお刺身と鯛こくがいいわね。あとはそうね……鯛飯にしましょう」

「鯛づくしだね」

「たまにはいいでしょ。今日はいいお味噌を使いましょう。腕が鳴るわ」

母が台所へスキップする勢いで入っていった。母が料理をする記憶はいっぱい残っている。ただし、記憶は記憶でしかない。残念ながら味覚までは再現されない。

母は料理が上手いらしいので楽しみだ。俺は鯛を抱えたまま、台所に向かった。

「ねえ、美奈代はまだ？」

「いつも通りの時間じゃないかな。帰ってきたのを見てないわ」

「まあ、そうよね。ちょっと連絡を入れて……萌ちゃんと咲ちゃんは？」

「帰ってきてる。いまは部屋だと思うけど」

「じゃ、二人が夕ご飯を食べる前に、一声かけておいてくれる？　こっちで一緒にタケくんのお祝いをしましょうって伝えて」

母は腕まくりしつつ、スマートフォンを操作している。美奈代さんというのは母の妹だ。中央府の広報局に勤めている。詳しい仕事内容は、俺の記憶にはない。

萌ちゃんと咲ちゃんは美奈代さんの娘で、俺のイトコだ。春からそれぞれ小六と小四になる。

この家はキッチンが二つあるので、二人は普段、そっちで食べている。

母の家事能力は存外高いらしく、あっというまに鯛料理を完成させてしまった。

姉は台所をウロウロしていただけで、あまり役に立っていなかった。ここで肩を叩いて慰めたら、落ち込むだろうか。

「美奈代から返信が来たわ。仕事を抜けられないみたいだから、先に食べてててって」

「叔母さん、いつも忙しそうね」

「特区に住むっていうのは、そういうことよ」

母が悟ったように言う。

特区には、ほんの一握りの人たちしか住めない。代わってほしい人はいくらでもいる。叔母のように小さな娘を抱えている母親は、娘の将来のために、無理してでも特区で暮らそうとする。

特区で定職に就くのは、生き馬の目を抜く世界で働くのと同義だ。定時上がりは難しいだろう。

「こんばんは、ご相伴にあずかります」

「お招き、ありがとうございます」

「萌ちゃん、咲ちゃん、いらっしゃい。さあ、座って。今日はタケくんの入学祝いよ」

「武人さん、ご入学おめでとうございます」

「ありがとう。萌ちゃんも、今度六年生だね。来年は中学校の入学をお祝いしようね」

「はい」

俺がそう言うと、萌ちゃんは嬉しそうに微笑んだ。

雑談ではなく、こういう社交辞令的な話ならば普通にできる。ただし、小さな女の子が好みそうな話題となると、さっぱり思い浮かばない。天気の話題はだめだよな。

「ご入学、おめでとうございます」

「咲ちゃんもありがとう」

雑談を諦めて、咲ちゃんの頭を撫でる。すると咲ちゃんは少し驚いてから、へらっと笑った。それを姉が微笑ましそうに眺めている。姉の頭は撫でないよ？

萌ちゃんも、咲ちゃんもかわいい。もう一度、言おう。この二人、めっちゃかわいい。

この身体の持ち主は、こんな恵まれた環境から逃げ出したかったらしい。

この世界だが、日本の人口は約五千万人で、男性はたった二十万人しかいない。

つまり男性は、二百五十人に一人という計算になる。しかしこれは、ある意味正しくない。数字のギミックというやつだ。

とある理由により、俺の世代だと男性の数はもっと少なく、千人に一人くらい。

六十歳以上の老人たちが若い頃は、男性が数十人に一人の世の中で暮らしていたらしく、現在では、夢幻のごとくと言われている。そんな状況下だからか、男女ともにとても生きづらい。

この男女比がぶっ壊れた世界のせいで、しなくてもいい苦労をみな背負い込んでいるのだ。

「萌ちゃん、おいしい？」

「はい。とてもおいしいです」

萌ちゃんが礼儀正しくハキハキと答えるのは、そう躾られているから。

妹の咲ちゃんも、四年生とは思えないほど大人しく食事をしている。

こんな小さな子たちですら、なるべく男性を不快にさせないよう、気を遣っている。

もっと俺から話しかけてみたいが、こういうときの話題が思い浮かばない。

「この鯛飯、おいしいね」

仕方なく、母に話を振った。

「そう？　よかった。下味をつける時間がなかったから、ちょっと不安だったの」

「十分おいしいよ。それに今日は、萌ちゃんと咲ちゃんもいるから、よけいおいしく感じるよ」

「まあ」

俺の一言で場が和んだ。このあと母親の手料理に舌鼓(したつづみ)を打ちつつ、食事を終えることができた。

話こそ弾まなかったが、萌ちゃんと咲ちゃんも楽しい一時を過ごせたのではないだろうか。

情けないことだが、これが俺の限界だ。

だが見ててほしい、そのうちもっとうち解けて、自然に話せるようになる……はずだ。

夕食の後片付けは姉さん、それに萌ちゃんと咲ちゃんの三人でするらしい。俺は自室に戻った。

俺の部屋にはあまり物がない。ベッドと勉強机以外には、ハーフサイズの本棚がひとつだけ。

家が貧しいわけではないし、親が厳しくて、買い与えてくれないわけでもない。

どうやら無趣味で、物欲もなかったようだ。

押し入れにある小さなタンスに私服が入っているが、持ち物といったらそれくらいだ。

「物事にあまり興味がなかったみたいだな」

部屋で大人しく本を読んでいる記憶が一番多く残っている。本棚を覗(のぞ)いたが、そこにあったのは、俺にとっては難しい内容の分厚い本ばかり。

それを除けば、写真集があるくらいだ。海や山といった、自然の風景を写したものが多い。

女神は、この身体の持ち主が「登山家になって幸せな一生を送った」と言っていた。本当はこの世界でも、写真集にあるような場所に行ってみたかったのではなかろうか。

だが、特区を出ればそこは女性しかいない。気軽に「ちょっと旅行に」というのは難しかったのだろう。行けない場所の写真集を眺めて、自分の心をごまかしていたのかもしれない。

写真集をめくっていると、もとの世界で見覚えがあった景色がいくつか出てきた。

こういうのを目にすると、やはり並行世界でもここは日本なんだと思えてくる。

この身体の持ち主は、どんな気持ちで写真集を眺めていたのだろう。

想像するしかないが、いますぐにでもリュック担いで家を飛び出してしまいたかったのではなかろうか。

この女性ばかりの環境から抜けだし、思う存分、自然の中を旅したかったのかもしれない。

「……ん？」

ふと俺は考えた。この男女比がぶっ壊れた世界。俺はいままでこの身体の持ち主、つまり男性側から物事を考えていた。俺は男なのだから、当たり前だ。だがこの世界で、圧倒的に多いのは女性。しかも若い女性が多い。彼女たちの心境は、一体どんなものなのだろう。

「モテモテの人生ですよ」と、女神は言った。モテるのは当たり前だ。男性が極端に少ないのだから、よりどりみどり。モテない方がおかしい。では女性はどうか？　生存競争でいえば、ほとんどの女性が敗者側に回る。つまりモテないのだ。

「世の中の多くの女性はモテない……だと!?」

歴然たる事実だが、俺は愕然(がくぜん)とした。なにしろ俺は、もとの世界でモテなかった。

だからモテない者の気持ちはよく分かる。痛いほど分かる。男女の輪に入って気の利いた言い回しをするイケメンを見て、臍(ほぞ)をかんでいたのだ。

世の女性たちはみな、あのときの俺と同じなのだ。一般的な男性は、この身体の持ち主と同じく、女性に対してかなり消極的。

ガツガツ行く必要がないばかりか、面倒事はごめんとばかり、距離を取りたがる。

女子校に一人で通う男子生徒のようなものだ。

もっとガツガツ行けと言われても、環境がそれを許さない。

そんなこともあって、この世界の女性はモテない。男性受けのする容姿をしていてもモテない。努力を欠かさなくてもモテない。外見や内面、いくら自分を磨いてもモテないのだ。

男性は、彼女たちがいかに努力しているか知っているだろうか？　たとえ知っていたとしても、当然のことと考えるだろう。

当たり前だ。彼らは一度たりとも、モテなかったことなど、ないのだから。

「そうか……モテない者の気持ちが分かる男って……俺しかいないのか」

これは社会が悪い。社会が悪いが、それでもモテない女性は救われないままだ。

これに気づけたのは俺だけだと思う。

血の涙を流すほどモテたいと思っていた俺だけが、彼女たちの真の気持ちを理解できる。

——だったら俺は、なにをすればいい？

決まっている。自分がしてほしいと思っていたことをしてあげればいいのだ。

女性から話しかけてもらえなかった俺がしてもらいたいこと。

——俺が女性に話しかけてあげよう。

俺は女性と一緒に登下校するのが夢だった。もとの世界では、絶対に実現しない夢だった。

——俺がそれをやってあげればいいんだ。

コミュ障？　女性と話したことがない？　それがどうした。コミュ障上等。失敗したっていいじゃないか。俺だったら、女性から話しかけられただけで嬉しい。それだけで舞い上がれる。

そう、俺はここに来る前、女神に言った。モテるためにはなんでもすると言った。多少の不都合があったって、気合いで乗り切ると啖呵を切ったじゃないか！

「……よし、決めた！」

明日は高校の入学式だ。明日から、できるだけ女性と話していこう。

俺がしてほしかったことをこの世界の女性たちにしてあげよう。

彼女たち全員を幸せにすることは無理だろう。現実的ではない。

だけど俺の手の届く範囲なら、可能ではないか？　そう、できる範囲でもいいのだ。

彼女たちを笑顔にしよう。それがこの世界に来た俺の役目かもしれない。

俺はこの身体で悔いのない人生を歩んでいきたい。

それには、俺と俺の周囲の女性たちを幸せにすることで叶えられるのではなかろうか。

「よぉし、やるぞぉ！」

そう、これは復讐だ。モテない男の復讐。他の男性がしないなら、俺ひとりでも、多くの女性を幸せにできることを証明してやる。

俺は立ち上がって、握りこぶしを天井に向けて突き上げた。

「行ってきます」

翌日、俺は玄関口でそう叫んだが、応えはない。家の中にはもう、だれもいない。

時刻は午前九時半を回ったところ。入学式まで時間があるが、余裕をもって出ることにした。

母はすでに出勤している。姉は最後まで一緒に行くと言っていたが、もう子供ではないのだから
と説き伏せて、学校に行かせた。

そもそも姉の高校でも、新入生を迎える準備があるのだ。俺の見送りをしていたら、姉は完全に
遅刻だ。俺が通う伊月(いづき)高校までは、バス一本で着くのだから補助なんていらない。

バス停までゆっくりと歩いていると、道の先に、制服を着た一人の女子生徒が立っていた。

「真琴(まこと)……?」

中学時代の同級生、時岡(ときおか)真琴だった。

「おはよう、武人くん」

「ああ、おはよう。真琴も入学式?」

真琴の家は記憶にないが、この近所ではない気がする。

「うん。昨日……裕子(ゆうこ)とリエの三人で話してね。だれか一人、武人くんの付き添いをしようってこ
とになったの」

「一緒にって……学校、違うだろ」

彼女は、一宮高校という女子校に通うはずだ。

「でも近いし……ほらっ、時間もあるし」

真琴とは中学三年のときに同じ班だったこともあり、それなりに打ち解けた。

いま話に出た佐々木裕子と江藤リエも真琴と同じ班員だ。

俺を含めたその四人で一年間、班活動をしていた。

真琴がここにいるのも、おそらく俺を心配したから。ならばここは、話に乗っておこう。

「それじゃ、バス停まで一緒に行こうか」

「うん！」

俺がそう言うと、彼女は嬉しそうについてきた。

学校までバスで十五分。特区が狭いせいか、通学にそれほど時間がかからない。

「でも、学校……残念だったね」

なんのことだ？　と思ったが、俺が共学校に振り分けられたことを言っているのだろう。

「いや、かえって良かったかもしれない。いろんな経験ができるしさ」

そう言うと、真琴は目を大きく見開いて驚いていた。そこまで驚くことだろうか。

「変かな」

「変というか……吹っ切れたの？　前はものすごく思いつめた感じだったから。いまにも消えてしまいそうに見えたし……」

最後の方は聞こえなかったが、どうやら見て分かるほど、俺は意気消沈していたらしい。

「いろいろ悩んだから、前向きに考えられるようになったかも。これからの人生、どのみち女性は避けて通れないんだし」

この男女比がぶっ壊れた社会では、女性を避けて生きていくのは不可能だ。だからこそ、本来の武人は神頼みをした。祠で真剣に祈ったのだ。

「そう……なの。よかった。もしかすると、もう家から出てこないんじゃないかと思って……心配した」

どうやら、俺はこのまま学校に行かず、引きこもると思ったようだ。

今日、俺が登校しなかったら、家まで様子を見に来たのだろうか。来た気がする。

「悩んだからこそ、前に進めるようになったんだと思う。だから悩んだことを含めて、すべて無駄ではなかったんだよ」

「武人くん、強くなったね。だったら、裕子は悔しがるかも。一緒に伊月高校へ行きたがってたから」

伊月高校は、東京特区に二つしかない共学校で、女子の偏差値はすこぶる高い。

特区外からの受験も認めていて、片道二時間もかけて通う猛者（註：女性です）もいるとか。

いま話に出た裕子は、受験直前に進学先を伊月高校に変えて猛勉強をはじめた。

裕子はもともと頭がよかったが、マルチな才能を有しているタイプで、学校の勉強はほどほどに抑えているフシがあった。

成績からいったら、伊月高校に届くかは微妙。それでも昼夜を問わず、勉強に勤しんでいた。普通だったら、「そんなに男がいる学校へ行きたいのか」と思われるだろうが、そうではない。

純粋に俺が心配だったのだ。それゆえ彼女は、身命(しんめい)を賭(と)す勢いで勉強していた。記憶にある裕子の姿は幽鬼じみていて、本来の武人は引いていたが、もし言葉が届くなら、「そうではない」のだと伝えたい。

「あの頃の俺、自分のことしか考えられなくて……裕子には悪いことしたな」

「ううん。裕子も分かっているから」

裕子が猛勉強をはじめたのは、俺がそこに振り分けられることが決まったからだ。つまり初冬。彼女は鬼をも殺す勢いで勉強したが、いかんせん時間が足りなかった。受からなかったのだ。

「あそこは勉強だけじゃ受からないんだろ?」

「そうね。試験以外にも謎判定があるのは事実みたい。合格者は毎年、容姿、家柄、本人の素行、親の資産や職業、突出した能力……バラエティに富んでいるって言われているわ」

親の資産は関係ないだろ。いや、あるのか?

「それ、都市伝説とかじゃなくて?」

「合格基準は一切公表されてないけど、通っている生徒を見ると、そういう選抜があってもおかしくないってことみたい。あっ、バスが来たわ」

「ここまででいいよ。真琴だって今日は、入学式だろ」

「大丈夫。時間を計算したら間に合うことが分かったから。正門まで一緒に行く」

「でも……」

「本当にこの時間なら間に合うから、気にしないで」

結局、真琴に押し切られて、一緒にバスへ乗り込んだ。

「……緑が多いな」

ここは東京のど真ん中だ。だが、都会とは思えない景観が目の前に広がっている。

「それはそうよ。特区内は、開発制限がかかっているもの」

「開発制限か……」

日本中の富が、たった四つの特区に集まっている。東京特区の場合、直径七キロメートルの円内と、湾岸の埋め立て地がそうだ。総面積はおよそ四十平方キロメートル以上。

その中に、二万人の男女が暮らしている。人口密度でいえば、スカスカだ。

「走っている車が少ないのは？」

「特区内で車が持てるのは、一種のステータスだもの。維持費がすごいし、電車やバス、それに無人タクシーを利用した方が便利だから、持っている人は少ないいんじゃないかしら」

「ああ……そういうことか。オートメーション化、ここに極まれりだな」

特区の外から中へ、一般車の乗り入れが禁止されている。商用車でも許可がおりにくい。

そのかわり、地下には物資を運ぶコンベアが走っているし、完全に機械化された無人タクシーを利用すれば、かなり安く移動できる。自家用車を持つ意味があまりないのだ。

無人タクシーは、決められた道路しか移動できないが、区画整理された町中を走る分にはまったく問題がない。事実、あれだけの豪邸に住む自分の家にも、車はなかった。

「買い物した荷物だって、家に帰る前には届いているしね」

なるほどと、俺は頷いた。買い物した店で、自動配送を選べばいい。地下のベルトコンベアが、家のすぐ近くの配達ポストまで自動で届けてくれる。スマートフォンがあれば、簡単にロックが解除できる。人が少なくても、機械化を推し進めることによって、ここでは快適な暮らしができるようになっているのだ。

「そういえば、お別れ会……悪かったな」

真琴との記憶を探っているときに気づいたが、春休みの間に三人はお別れ会を企画してくれていた。もちろんこの身体の持ち主はそんな気分ではなく、足繁く祠に通い、一心不乱に祈っていたわけだが。

「ううん。大変だと思っていたし、いいの」

何度か電話とメールをくれたが、出ることはなかった。

「しばらく思いつめてさ……だから今度、どこか行こうか？」

「えっ？　いっ、いいの？」

できるだけ自然に言ってみたが、真琴の食いつきは予想以上だった。

こっちをマジマジと見ている。

「よ、四人でどこか行くってのは、どうかな」

あまりの食いつきぶりに、思わず言いだした俺がキョドってしまった。

「うん！　リエと裕子も喜ぶと思う！　行きましょう！　うん、うん！」

テンションが上がった真琴を羨ましそうに見つめる他の乗客。

特区内の住人は、男性に対して謙虚であるべきという教育が徹底されている。男性からの通報ひとつで特区からの退去もありえるのだから、必要以上に臆病になっている部分もある。

だれだって一時の気の迷いで、この特権的な生活を手放したくないだろう。

だからこそバスの乗客は、男子から誘われた真琴を羨ましく思うのだ。

これが社会のゆがんだ部分。男性が極端に少ない弊害だ。

バスはゆっくりと進み、伊月高校の前まで来た。俺は降車ボタンを押してバスを降りた。真琴もついてくる。一緒に降りるということは、この先に真琴の通う高校はないことになる。

「真琴の学校って、どっちだっけ？」

「えっと……こっちかな」

「いま来た方じゃんか」

反対方向を指す真琴に俺は呆れてしまった。

「大丈夫。そんなに時間かからないから」

朝から俺を待っていたことからも分かっていたが、かなり心配させていたようだ。

「それじゃ、私は行くけど……また連絡ちょうだいね。絶対だよ」

「うん、分かった。一緒に出かけるんだものな。必ず連絡するよ」

そう言うと真琴は、テレながら喜んでいた。

「真琴、ここまでありがとう。入学式に遅れないようにな」

「心配してくれてありがとう。けど、大丈夫よ。まだ間に合うから」

真琴は道路の反対側へ渡ろうとする。俺はここで、女神の言葉を思い出した。

『手を振ってあげれば、それだけで女性は喜ぶんですよ』そう女神は言っていた。

真琴は今日、自分の入学式より、俺の様子を見に来ることを優先してくれた。そんな真琴にいま、感謝の気持ちを伝えたい。そう、感謝の気持ち……ささやかなイタズラくらい、してもいいんじゃなかろうか。いや、これはお返しだ。わざわざここまで来てくれたお返し。そう、お返し。

「真琴。ちょっと、こっちへ」

「えっ？　なに？」

俺は道路を渡ろうとする真琴に手招きした。首を傾げ(かし)ながらやってきた彼女の腰に手を添える。それだけでなく、力を込めてこちらへ引き寄せ、耳元に顔を近づけた。

「真琴、今日は本当にありがとうな」

「ふえっ!?」

息がかかるほど顔が近づいたからか、真琴の身体が硬直したのが分かった。俺はひとつ笑うと、彼女の背中を押し出した。

「じゃあな。バスが見えたぞ。乗り遅れるなよ」

「…………」

真琴はギクシャクと向きを変え、ロボットのように歩き出した。

右手と右足が同時に動いているのは、ご愛敬(あいきょう)だろう。道を渡り終えた真琴がこっちを見て、口をパクパクさせている。俺が笑って手を振ったところで、バスが到着した。

「……さて、行きますか」

さあ、入学式だ。これから俺のモテ人生がはじまる……ような気がする。


共学校である伊月高校は、各クラスに男子が二人、振り分けられる。

六クラスあるので、一学年の男子は十二人。学校全体だと三十六人になる。

クラス分けの結果が貼り出されていた。俺は一組だった。

教室に入ると、女子生徒の雰囲気が一気に変わった。全身で聞き耳を立てている。そんな気配がする。そしてなぜか、みんな立っている。なぜ、だれも座らないのだろう？

よく分からないが、立っていても仕方ないので、窓側の席に座る。すると女子が、俺と机ひとつ分を空けて座った。避けられている？　もとの世界の再現なの？

気まずい雰囲気のまま、五分ほどそうしていただろうか。小柄な男子が、鞄を胸に抱いて、腰をかがめながら教室に入ってきた。俺を見つけると、心底ほっとした表情を浮かべて、俺の右隣に座った。なるほど、隣が空いていたのはそのせいかと、理解した。

「はじめましてだね。僕は斉木中学出身の久能淳。よろしく」

「おう。俺は宗谷武人だ。よろしくな。淳って呼んでいいか？」

アイドル的な雰囲気を持った、気の弱そうな男の子だ。ハムスターなどの小動物を彷彿とさせる。蛇がシャーッとやったら、ビクッとなりそうなタイプだ。

　俺はこれまで、冗談で水平チョップの張り合いをするような連中とばかり付き合ってきたので、こういう可愛(かわい)い系の友達はあまりいなかった。仲良くなれるだろうか。

「うん。僕は宗谷くんと呼んでいい？　あまり名前で呼び合う習慣がなくて」

「そうなのか。まあ、好きにしていいけど、たった二人だけの男子だ。仲良くいこうぜ」

「ありがとう……けど、急に女子の割合が増えたでしょ？　嫌じゃない？」

　淳は、あたりを憚(はばか)る声で、そう聞いてきた。中学のときは男子一人に対して、女子が三人の割合だった。休み時間などは、男子だけで集まって話すこともできた。そしてこのクラスだが、男子二人に対して、女子が三十八人と多い。倍増どころの話ではなくなっている。

「別にいいんじゃないか？　それだけ可能性も増えるし」

「可能性って？」

「そりゃ、もちろんモテ……も、もてなされる可能性……だよ。増えていいんじゃないか？」

「そうかな。あまり女子にもてなされても、僕は嬉しくないんだけど」

　周囲に聞こえない音量で、淳はそう吐き捨てた。

「女子はそれで満足感を得るんだ。よほどのことがない限り、受け入れた方がいいぞ。そのための共学校だしな」

「宗谷くんは、オトナだね」

　感心されているが、危うく俺の願望を言うところだった。昨日から今日までの間に、記憶の整理はほぼ終わった。この身体の持ち主が、なぜああも女子から逃げたがっていたのかも理解した。

男子が女子から逃げようとするのは、生存本能の現れなのだ。

これは社会性や理性、そして常識では克服できないこと。感情では理解できても、男性の生存本能が女性を拒否している。

なにしろ、女性が男性を求めるのは自然のこと。だが男性は、すべての女性の求めに応えられない。人数比が圧倒的なのだから、それは仕方ないことだ。女性は、男性に選ばれようとあらゆる進化を遂げる。そう、進化だ。ありとあらゆる進化。より女性らしくなり、男性の好みに合致した容姿と身体になる。だがそれでも、選ばれる可能性は少ない。それだけこの世界の男性は少ない。

絶望的な数字の差によって、女性の生存戦略はより過激になる。

孔雀(くじゃく)の羽、タンチョウのダンス、カエルの合唱など、繁殖期の求愛行動は、動物にも見受けられる。人間の女性が求愛行動をして、なにが悪いだろうか。種を残すためだ。まったく悪くない。

雄鹿(おじか)が角をぶつけ合う決闘もまた、雌(めす)を得るために強さを見せつけるものだ。人間の女性が、男性を得るために闘争本能を開花させたって、なんらおかしい話ではない。

つまり人類が誕生してからこれまで、女性は男性を獲得する技を磨き続けてきた。

競争や闘争に勝利した女性だけが、トロフィーのように男性を手にしてきた歴史がある。

一方、男性はどうだろうか。右を向いても左を向いても女性ばかり。男性は、より目立たず生きることで、できるだけ女性の目に留まらないようにしてきた。

そうしなければ、自分を取り合って多くの女性が激突することになるからだ。

自分が望まずとも、勝手にトロフィーとなってしまう。

そもそもこの世界の男性は、子孫を残すために積極的に行動する必要がまったくない。

男性は、望む女性を容易に手に入れられる環境にある。

言い換えれば、自分が望まない相手はいらない。いなくていいのだ。

男性の場合、必要としない女性と「いかに関わらないか」が重要になってくる。結果、男性は世代を重ねるごとに、より消極的――草食化への道を辿っていった。

自身がトロフィーとなり、壮絶な殴り合いの果てに、勝者のものになる未来よりも、自分で好みの伴侶を選ぶ未来を望むようになったのだ。

もし社会の中で目立ってしまえば、目の前で殴り合いが発生する。自分が「この人と一緒になりたい」と思う女性を見つけても、その女性が殴り合いの最終勝者になるとは限らない。

それゆえ男性は、目立たぬよう女性を避けて生きる術を身につけるようになっていった。

結果、男性を追い求める女性と、女性から逃げる男性の構図ができあがった。

時代が移り変わり、より成熟した社会が形成されても、それは変わらない。

人工授精によって、望めば子孫を残すことが可能となったいまでも、女性は男性を求めてやまず、男性はなるべく女性の目に留まらない生き方を貫いている。

「そういえば、ニュースでやってたけど、太陽の黒点が徐々に大きくなっているんだって。この前まで終息するって言ってたのにね」

「……ん？　黒点？　それなんかマズいの？」

宇宙物理学的ななにかかな？　俺が首をひねっていると、淳が説明してくれた。

「黒点が大きくなると、その周辺で大きな太陽フレアがおきることが分かっているんだ」

「太陽フレアは、聞いたことあるぞ」

聞いたことあるだけだが。

「黒点の大きさと太陽フレアは密接に関係していて、黒点が大きくなると太陽フレアもまた大きくなるんだよ」

「へえ。それで、太陽フレアが大きくなるとどうなるんだ？」

「男が産まれなくなるんだ」

「……へっ？」

いま、なんて言った？

「太陽フレアにはいろいろな放射線が含まれていて、それが地球に降り注ぐんだけど、その中のひとつに超短波のガンマ線があるんだ」

偉い学者たちの研究によると、男性が産まれない元凶は、そのガンマ線らしい。

ガンマ線には染色体（せんしょくたい）を切断する性質があるらしく、男性を決定づけるY染色体を破壊するのだという。それが太陽フレアによって、大量に地球へ降り注ぐ。

「すると、この世界をこんなにしたのは、ガンマ線なのか」

この世界のガンマ線、おっかねーな。

「そうだね。本来ならば、徐々に黒点が小さくなると予想されていたんだけど、どうやら違ったらしいって。このあとも女ばかり産まれる時代が続くってニュースでやってたよ」

ほんの数十年前までは、男性が少ないといっても、数十人に一人は産まれていた。それが俺たちの時代には千人に一人だ。

なぜ時代によってこんなにも出生率に差があるのかと思っていたが、そんな理由だったのか。

中学の授業ではそこまで突っ込んだことは習っていなかった。人類の長い歴史の中で、男性がほとんど産まれない時代が何度かあったとか、習ったのはその程度だ。その都度、文明が崩壊しかけたのだから大事だが、いまは人工授精のおかげもあって、その心配はない。

これはあれか、国民があまり深刻にならないよう、詳細が伏せられているのか？

淳のように、アンテナの高い連中だけが知っているとか。

「どういう理屈か分からないけど、大昔に太陽に黒点が見えるようになると、男性の出生率が下がるって発見した人がいるんだよね」

淳が言うには、大昔から男性が少ない原因がなんなのか、世界中で調べられていたらしい。まだ科学的検証すらない時代から、太陽の黒点との関係に着目している人がいたというのだからすごい。

「でも人間の男にだけ影響があるガンマ線って、おかしくないか？」

「動物にも影響はあっただろうね。けど人間以外は絶滅しているから」

「ああ……そういうことか」

すでに淘汰されたあとだったらしい。

つまりいま、種として地球に残っているのは、ガンマ線の影響を受けないタイプの動植物と、ガンマ線の影響を受けるけど、それを克服した人間だけなのだ。

「六十年前、突如として太陽に大きな黒点が生まれたんだ。その後、太陽フレアの爆発がおこった。当時の人たちの驚きは、察するに余りあるね」

それまで数十人に一人は、男性が産まれていた。だがこの太陽フレアの爆発によって、男性は一気に産まれなくなってしまった。これは人工授精でも同じ。

超短波のガンマ線は、あらゆる物質を透過する。事実上、防ぐ手段がないのだ。

つまりいま、六十歳以上の男性はそれなりにいるが、六十歳以下の男性はほとんどいない。

「黒点が縮小すれば、男が産まれやすくなるってこと？」

「そうだね。最近は太陽フレアが放出するガンマ線量も減りはじめてきたから、結構明るいニュースになっていたんだけどね」

「それがご破算になったと」

淳が頷いた。やべー話だな。

「それだけじゃなく、黒点が徐々に大きくなるかもしれないってことは、今後はもっと男が産まれにくくなるかもしれないね。だから適齢期の女たちは、ここ数年が勝負だと思うはずだよ」

なるほど、つまりいまのうちに産んでしまおうというのだ。

激レアのＳＳＲカードだって、確率が二倍になれば出るかもと考えるアレに似ている。

この太陽フレアの爆発と男子出生の関係はかなり昔から研究されてきたらしい。

過去に何度も太陽の黒点が消滅したときに男性の出生率が大幅に改善され、その都度、人口爆発がおきたことが記録されているらしい。逆に、六十年前のように太陽フレアの大爆発がおきると、人口は落ち込み、人類滅亡の危機がやってくる。

「つまり、今朝のニュースを見た女性たちは、こぞって子孫を残すために動くわけか」

淳は黙って頷いた。

「それは大変だな」

女性の生存戦略——肉食女子が増えるわけだ。

宇宙物理学が俺たちの生活に影響を及ぼすなんて、この世界すげーわ、ほんと。


入学式は何事もなく終わった。

男子がいるからか、式の進行にも、細心の注意を払っているのが分かった。

飽きさせることなく、短時間で終わった感じだ。

お偉方の長舌(ちょうぜつ)はすでに過去のものなのかもしれない。

講堂を出るまでは二列だったが、そこからはみな、自由に歩き出した。俺はというと、教室はどっちだっけと考えながら歩いていたため、周囲への注意がおろそかになっていた。端的にいうと、前を見ていなかったのだ。階段付近で、ちょっとしたアクシデントに遭遇してしまった。

「あっ」

「きゃっ！」

よそ見していたため、女子の一人とぶつかった。もとの世界だったら、相手に怪我をさせてしまっただろう。だがいまは違う。優男のこの身体である。

女子とぶつかった拍子にバランスを崩すという恥ずかしくも、稀有な体験をしてしまった。

「ととっ！」

不意に受けた衝撃だったこともあり、たたらを踏んで別の女子ともぶつかった。

この辺は、完全に失態である。

――ふにゃっ

左手が柔らかいものを触った気がする。いや、現実逃避するのはよそう。触った。ああ、触ったとも（半ギレ）。

肘と手のひらにそれぞれ、女子生徒の胸が当たった。しかも一人は揉んでいる。いや、これは不可抗力なのだが、揉んだ事実は変わらない。「やってしまった！」と思った。女子生徒の悲鳴と号泣、俺を非難する冷たい視線、怒り心頭でやってくる教師の姿が幻視できた。

これからおきる阿鼻叫喚の地獄絵図を予感して、俺は目を閉じた。

だが、決定的な瞬間はいつまで経ってもやってこなかった。

恐る恐る目を開くと、俺が胸を揉んだ女子生徒がガタガタと震えていた。

「ご……ごめんなさい。わたし……そ、そんなつもりじゃ」

いまにも泣きだしそうな声で、その女子は俺に謝罪してきた。

胸を揉まれた女子が、揉んだ俺に謝ってくるのだ。

「えっ？」

なぜ？　と声を発しようとした瞬間、周囲から非難の声がとんできた。

「ちょっと！　男子になにしたの！」

キーキーとした声だ。振り向くまでもなく、周囲から似たような声が降り注いだ。

「そうよ。男子に接触するなんてサイテーよ！」

「せっかく入学してくれたのに、なんでそんなことをするの？」

あれ？　どういうこと？　状況が理解できず、俺は呆けてしまった。

「ごめんなさい……」

目の前にいる女子は、まるで電車内で不埒なことをして吊し上げられた中年サラリーマンのような状況だ。俺ではなく、胸を揉まれた女子がそんなシュールな状況に陥っている。

「いや待って！　触ったのは俺……俺がぶつかったから」

半ばパニックになりながらそう告げると、女子の集団は慈しむような視線を俺に向けてきた。

「入学にあたって、私たちは男子の嫌がることはしませんって誓詞を書いて提出してあるのよ。この子はそれを破ったわけ」

「ご、ごめんな……」

謝罪の言葉も尻すぼみになる……どころか、嗚咽が聞こえてきた。

これって、そんな重大なこと？

「特区内住みなら退学で、特区外なら退学に加えて、今後の通行許可取り消しだっけ？」

「一応本人のみだけど、悪質なら家族揃って の措置もあったはず……」

重大事だった。俺の肘が当たった女子は真っ青になり、胸を揉まれた女子はすでに泣き出している。最初に俺とぶつかった女子を見れば……。

「……し、失神している!?」

やけに静かだと思ったら、すでに床に倒れていた。

「この子、特区外生ね。緊張と、しでかしたことの大きさに、意識を手放したみたい」

ちょっとぶつかっただけだよね？

「そこっ！　前が詰まっているわよ。なにやってるの？」

女性教諭が人波をかきわけてやってきたのが見えて、俺は天を仰いだ。

どうすればいいんだ、これ。


共学校に振り分けられた俺たち男子は、試験や面接もなく入学が決まる。

人身御供なのだから、当たり前だ。教科書や制服も郵送されてきた。

入学前に学校に行くのは、手続きのときの一回だけ。俺の場合、姉が代行してくれたので、それすらもない。今日が初めての登校だったりする。

そのせいか、校則を含めた共学校の予備知識がまったくない。

まさかここに通う女子生徒が、誓詞を提出しているなどと、思いもしなかった。

そもそも誓詞ってなんだよ。室町時代によく使われた起請文みたいなものか？　あれも戦国時代には簡略化されたり、形骸化したらしいけど、なんでそんなものが出てくるんだ？

女性教諭が周囲の女子から聞き取りをしている。このままだと、処分される女子が出る。

それはまずい。そう思った俺は、だれよりも先に説明した。だが返ってきた答えはこうだ。

「ここは中学校とは違うの。一般社会と同じルールが適用されるわ」

今回の件、特区内で大人が同じことをしたら逮捕される。

学校内の出来事だから退学で済むのだ。これは温情的な措置であるらしい。

たしかに特区では、男性が安心して暮らせる社会が実現している。

それは女性が慎重に行動しているからだ。男性に不必要な接触をしないよう、彼女たちが自制しているからこそ、この安定した社会が成り立っている。

だが一罰百戒とばかり、入学早々、重い処分を下すのはどうかと思う。

しかも今回は、彼女たちの落ち度ではない。何度もそう言ったが、女性教諭は首を横に振った。

「そうは言うけどね、男性に対する不可抗力が許されたら、またあの悪夢のような『甘言搾取』が始まるかもしれないのよ」

甘言搾取と呼んでいるのは日本だけで、他の国では、一般的に『楽土誘致』と呼ばれている。アメリカ合衆国が行った男性優遇措置のことだ。

あるとき、アメリカは突然、自国の男性優遇措置を外国籍の男性に対しても適用しだした。たとえ自国民でなくとも、アメリカ合衆国が指定した特別区域に住むならば、自国の男性と同じ待遇にしますというものだった。それには金銭的な援助も含まれていた。普通は、外国籍の者にそんなことしない。結果、世界中から多くの男性が移住した。

当然である。男性に対する政策は国によって大きく違う。王政の国や、独裁国に住む男性の待遇は、決して良いものではなかった。アメリカ政府は、移り住んできた男性に対して、言葉巧みに棄国を囁いたのである。

日本からも多くの男性が合衆国に移住し、そのまま合衆国民となった。日本政府は怒って抗議したが、男性の自発的行動に国がとやかく言うのは間違っている。

合衆国は日本の抗議を歯牙にもかけなかった。

慌てて日本も、国内に四ヶ所の通称『特区』を作り、男性流出に歯止めをかけたという歴史がある。日本の女性は、いまだに合衆国の政策を甘言搾取と呼んで憎んでいる。

「中学校の歴史で習いましたけど、あれは五十年以上も前の話ですよね」

当時、日本の男性が合衆国に移住した原因のひとつに、「マスハラ」というのがあった。マス・ハラスメントの略で、マス（mass）は量という意味である。

当時、男性への些細なハラスメントが、日常的に行われていた。一人一人は少量の……たとえば男性の手に少し触れるだけだとか、通りすがりに男性の肩へちょっとだけぶつかるとか。まったくもって問題にするのも馬鹿らしい程度のものだ。

だが、この男女比がぶっ壊れた社会ではどうだろうか。

女性たちがする一日一回の些細な楽しみであっても、男性にとっては毎日千回ものハラスメントを受けることになる。しかも女性たちに、ハラスメントをしている自覚はない。

このような訴えるまでもない些細なハラスメントを日夜受けていた男性のストレスは相当なものとなり、合衆国からの言葉に飛びついたのだった。多くの男性に去られたことで、世の女性たちは、ようやくそこまで嫌がられていたのかと気づいた。

日本の女性は、それこそ海の底のように深く反省したがもう遅い。男性は戻ってこなかった。

もちろん、当時の日本でも、男性へ過度の接触は禁止されていた。それだけでは足らないと考えた政府は、今後創設される特区内においては、些細な接触すらも処罰対象とする旨を発表したのだ。特区が誕生して五十年、最近では男性の方からぶつかっても、それは女性が悪いと思わせる風潮ができあがってしまったようだ。うん。これ、やべーわ。

「ルールを守ることが男性を守り、ひいては日本の女性を守ることに繋がるの」

女性教諭は三十代半ばくらいだろうか。そう言い切った。彼女はこれまで多くの生徒を見てきたのだろう。長い教師生活の中で、固定観念にとらわれてしまっている気がする。

「だからといって、俺からぶつかったのに彼女たちが処分されるのは容認できません」

「でもルールはルールだから」

この社会は、男性に甘いというより女性に厳しい。それは分かったが、この女性教諭は話が通じない。おそらく、俺がいくら言っても「ルールだから」で事を終わらせるだろう。

昨日の夜、俺は考えた。モテない女性たちの気持ちが分かる男は俺だけだ。彼女たちの気持ちを汲める男は、俺しかいない。だったらこの場で俺はどうすればいい？　女子生徒が三人も退学になるのを眺めていればいいのか。いや、そんなことは絶対にさせない。させたくない。

「ルールは絶対ということですね。だったら……」

俺は手近な女子生徒の腕を取って引き寄せた。

「ひゃっ、わわっ!?」

すっぽりと俺の腕におさまった女子生徒は素っ頓狂な声をあげる。次々と、近くの女子生徒を抱き寄せた。二人、三人と、俺が抱き寄せた女子生徒が増えていく。

「えっ？」

女性教諭が行動の意味を測りかねている間に、十人ばかり、流れ作業のように彼女たちを抱き寄せた。最後の一人を腕の中に入れたまま、俺は女性教諭に笑いかけた。

「彼女たちはみんな俺が勝手に抱いただけです。それでも処分しますか？　他にもまだまだできますよ」

腕の中の女性を強く抱きしめると、「あわわわ」と声が聞こえてきた。思い立って挑戦的な言葉を発してしまったが、実は俺もかなりテンパっている。初めて知ったが、彼女たちは華奢で、肉が少ない。そしていい香りだ。これまで女性に触れたことすらなかった。

だから知らなかった。まさか女性の身体が、これほど柔らかいとは！

「や、やめなさい！」

女性教諭の哀願(あいがん)する声が聞こえる。ここで引いてはだめだ。

俺は一層、挑戦的な目を向けた。まるで大会の決勝に向かうときの心境で、正面を見据える。

「状況はさっきとまったく同じです。全員俺から触りました。どうです？　全員を処罰しますか？　だったら、これからも同じことがおきますよ。ルールに従えば、みんな退学ですね」

「なんでそんなことをするの？　しょ、職員会議にかけますよ」

「どうぞかけてください」

どうぞどうぞと、コメディアンみたいなことを言ったら、女性教諭がプルプルと震えだした。

「……そうだ！　先ほど聞き取りをしました。あなたに胸を揉ませた女子がいたそうですね！　健全な学(まな)び舎(や)で不埒なことをしたその女子だけは退学とします！」

この女性教諭、なんてことを言いだしたんだ。俺が胸を揉んだのであって、彼女が揉ませたのではない。聞き取りしたのなら、分かるはずだろうに。

「胸を揉んだら退学なんですか？」

「当たり前です。明らかに特区条令に違反します」

女性教諭は引こうともしない。このままでは、本当に彼女を退学にするだろう。

それは絶対に避けたい。どうすればいいか、俺には解決策が見えている。

だがそれをやると、俺の名誉が地に落ちる。落ちてしまう。

それでも退学になる女子には代えられない。さらば、俺の名声。

「分かりました。そこまで言うなら、こうしますよ！」

――モミモミモミ

俺は抱き寄せている女子の胸を揉んだ。

これで、入学初日に女子生徒の胸を揉む変態男子のできあがりだ。涙が出そう。

「あ、あなた……い、一体なにを……」

「これだけだと思いますか？　こんなものじゃありませんよ。他にもまだ、俺はやると言ったらやりますからね」

きっといま、俺の目はグルグルと回っていることだろう。

もうヤケだ、逃げだされないうちに次の犠牲者を……なんでみんな近寄ってくるの!?

「……わ、分かったわ。処分しないから、とにかく離れて、みんな離れてぇ！　こ、今回のことは不問にします。だから……お願いだから、みんな離れて頂戴っ！」

悲鳴に似た声を聞いて、俺はゆっくりと揉んでいた力を緩めた。周囲から「ええ～っ」とか「ちぇっ」なんて聞こえてきた。もっと女性教諭が追い詰められる姿が見たかったのだろうか。

「…………」

腕の中の彼女を見ると……クタッとなっていた。二人目の失神者である。しかもいい笑顔で。

手近な生徒に彼女を任せ、俺は女性教諭に礼を伝えた。

「ありがとうございます。いまのが特別でないことを俺は祈っています」

つまり、今後も俺から触った女子が処罰されることがないよう、クギを刺したわけだが、女性教諭は畏れるような目を向けながら頷いた。

教室に戻ろうとする生徒たちが溢れてきたので、俺は足早にその場を去った。

彼女たちが処分を受けることはないだろう。大勢が見守る中、教師が男性の前で約束したのだ。それを反故にするとは考えづらい。そもそも入学早々に大量の退学者を出してしまえば、問題となる。残るは……今回俺が胸を揉んだ彼女たちだ。

すまないことをしたと思っている。あとでちゃんと謝っておこう。


「さっきはすごかったね。見ていて驚いちゃった」

教室に戻るやいなや、淳がそんなことを言ってきた。俺の名誉が地に落ちた件だろうか。

「よそ見してぶつかったのは俺だし、それで処罰されるんじゃ、可哀想だからな」

「でもなかなかできないよ。とくに次々と女子に触るだなんて、ビックリしちゃった」

「ああでもしないと、先生も納得しないだろ?」

「そうだけどさ、宗谷くんはやっぱりすごいよ」

別段、淳は俺を変態呼ばわりするつもりはないらしい。

さっきの行為だが、もとの世界基準で考えると、大勢が見ている中で、女子が男子のチ〇コをニギニギした感じだろうか。うん、十分変態だ。

「なあ、淳も女子に触られると嫌なタイプ？」

「そりゃもちろん」

当然だという顔をする。これは俺も理解できる。もとの世界で、思春期の女性に「多くの男性から触られたら嫌ですか」と尋ねたら、ほとんどの女性が「もちろん」と答えるだろう。

それと同じだ。淳の感情は、この世界では普通なのだ。では、俺の場合はどうか。

俺はこれまで、女子に触られた経験がない。女子が俺に興味を持ってくれて、近づいてきただけで舞い上がってしまう。少しくらい触られても、まったく嫌な気持ちはしない。それどころか「ありがとう」とさえ言ってしまいそうだ。

「宗谷くんは……嫌じゃなかったの？」

淳がおずおずと確認してくる。

ここはどう答えたらいいだろう。正直に言うべきか、それとも……。

「俺としては別に、嫌じゃないかな」

高校生活は長い。これから三年間もあるのだ。ここは正直に答えておこう。

「嫌じゃないどころか、どんと来いだ」

「そうなんだ……変わっているね」

「どうだろう。まあ、淳の気持ちも分からないわけでもないし、俺が変なのかもしれないが、同じクラスに俺みたいな男がいた方がいいだろ？」

俺の場合、もとの世界に当てはめれば、「男子に触られてもぜんぜん嫌じゃないよ。どんと来いよ！」という女子にあたる。なんかすごく、びっちだ。

「そうだね。宗谷くんがいると、なんだか安心できるよ」

淳はあからさまには言っていないが、こういうことだ。

俺が女子の視線を集めることで、淳は注目されにくくなる。俺が多くの女子と親しくなれば、

「もしかしてわたしにもチャンスが？」と他の女子も俺の方を向く。みんな右へならえだ。

結果、俺の周囲に積極的な女子が多く集まる。

淳は目立たず、その陰に隠れていればいい。俺を避雷針とすれば、静かな学校生活が送れる。

それを感じて、ホッとした表情を浮かべたのだ。

もともと体育会系の人間だった俺は、頼られるのに慣れている。

淳は同級生だが、なんだか可愛い後輩のように思えてきた。

「そうだな、存分に頼ってくれ。俺はまったく気にしないから、遠慮はいらないぜ」

そう言って手を差し出すと、淳は照れながら握り返してきた。

周囲の女子から嬌声（きょうせい）があがるが、それは無視。俺と淳は出会って一日目で固い握手を交わす仲になった。もとの世界でもそう。男の友情は、こうやって育まれていくのだ。

入学初日に、仲のよい友人ができた。この世界に来て、本当によかったと思う。

「みなさん、はじめまして。これから一年間、みなさんの担任をします一瀬早苗（いちのせさなえ）です。今年、はじ

めて担任を受け持つことになりました。まだ少し緊張していますが、みなさんと一緒に実りある……」

教壇で自己紹介しているのは、二十代半ばの先生。まだ三年目だとか。

緊張しているらしく、少し手が震えている。

「今日は諸注意のみで解散となります。みなさんも早く自己紹介してクラスメイトの顔と名前を覚えたいでしょうが、先に班決めをします。この辺はいいですね」

瞬間、クラス内の空気が張り詰めた。班はこっちの世界独特なもので、小学校のときの班に近い。それを中学、高校でもやるのだ。

もちろん理由はある。班で活動することによって、男子が話す相手を限定することができる。

一度班を決めたら、一年間は変更しない。中学のときは、男子一人に対して女子三人と決められていたため、男女四人でひとつの班を作ることができた。

クラスの人数も、それに合わせて調整されていた。真琴、リエ、裕子の三人は、そのときの班員だ。だが、高校は違う。クラスの中に男子は二人しかいない。そう、たった二人だ。

「明日、五人の班を八つ作ります」

クラス内の緊張がさらに増した。男子二人に対して、班は八つ。それは何を意味するのか、分からない彼女たちではない。

俺と淳は別々の班になるので、男子がいる班が二つ、女子だけの班が六つできる。たかが班と言うなかれ。中学のとき同じ班だった真琴、リエ、裕子とは、一年間でそれなりに親しくなれた。

逆をいえば、別の班の女子とは、ほとんど話すことがなかった。俺に用事があるときでも、近くに同じ班の女子がいれば、そっちに話を通してもらうからだ。それが暗黙の了解となっている。

高校も同じ。つまり班決めは、この一年間の天国と地獄を分けることにも繋がる。

「班が決まったら、班ごとに自己紹介をしたあと、班長がクラスのみんなにメンバーを紹介する形にします」

これも中学と同じ。全体へは自己紹介ではなく、他己紹介をするのだ。理由は、男子を前に出させないため。つまり班長は女子が引き受け、先生や他の女子との折衝は班長の役目となる。班長は男子と話す機会が多くなる反面、恨まれやすいポジションにいるともいえる。

中学のときは、真琴が班長を務めていた。

「班が決まったら、それに合わせて席替えをします」

班が決まったあとは、その班でまとまって座る。

俺の前後左右を挟む形で、班員が座ることになるだろう。

「僕は出入り口から一番遠い窓側を希望するよ」

「ああ……男子はそういう希望も通るんだっけな」

中学でもある程度、そういう自由はきいた。

高校も同じだろう。でも俺は、できれば女子に囲まれたい。それも希望すれば通る。

「でもなんかさ、教室がピリピリしだしたね。居心地悪いや」

だれもが俺や淳と同じ班になりたいはずだ。だが積極的に動くと、男子を不快にさせたとクラス中から非難される。今日、入学を迎えたばかりだし、みな距離を測りかねているのだろう。

抜け駆けしたいが、悪目立ちはしたくない。それゆえ、周囲の出方を見ながら対策を練っている感じだ。その張り詰めた空気が、淳を不快にさせている。

「先生！」

「宗谷くん、どうかしましたか？」

「班決めですけど、通常はどうやって選ぶんですか？」

「まず男子の希望を聞くことが多いですね。同じクラスに知り合いがいる場合もありますし、比較的大人しい女子を選ぶ男子もいます」

一瞬、クラス内がザワッとした。大人しい女子を選ぶ。それはつまり、ここぞとアピールするような女子は選ばれないということだ。葛藤（かっとう）しているのか、頭を抱えている女子もいる。

「それでも、なかなか決まらないですよね」

「そうですね。あとは、特区内に住んでいる人の中から選ばれることが多いです」

まあそうだろう。特区内に住んでいる女子ならば、中学生のときに男子と同じクラスになっていることが多い。男子との距離感も掴（つか）めているから、お互いにやりやすいはずだ。

「だったら俺、いまのうちに希望を出していいですか？」

「どうぞ、かまいませんよ。そういう積極性は、大歓迎です」

班決めは明日なので、いまのうちに希望を言っておいた方がいいと考えた俺は、誤解のない大きな声で、しっかりと伝えた。

「俺は、特区外の女子を希望します」

――ざわっ！


やはり、意外だったようだ。悲鳴を上げかけて、慌てて口を押さえた女子もいた。

「……珍しいですね。それはいいですけど、どうして特区外の女子を希望するのです？」

「俺は中三のとき、班員にとてもよくしてもらいました。感謝しています。その子たちとは、いまでも続いています。特区内の女子と同じ班になったら、きっと同じような一年間を送ることができると思います」

「そうですね。小さい頃からの積み重ねは、馬鹿にできないと思います」

「はい。ひるがえって特区外の女子は、もしかすると男子と話すのも初めてかもしれません。経験がなければ、どう接していいか分からないこともあると考えます」

「それが分かっていて、特区外の女子を希望するのですか？」

担任が首を傾げている。

「特区外の女子は、きっといまも緊張していると思うんです。同じ班になって少しでも親しくなれて、そして彼女たちを通して、他の特区外の女子とも親しくなれれば、そういった緊張も早くなくなるのかなと思いました」

「…………」

担任は、まさかそんな答えが返ってくるとは思わなかったという顔をしている。

この学校の教師は、エリート中のエリート。

そんなエリート担任の呆けた顔が見られた。ちょっと得した気分になれた。


「班決めの参考にしたいので、明日の朝までに自己紹介文みたいなのを書いてもらえたら嬉しいんです。そういうのって、頼んじゃダメですか？　特区外の人だけでもいいんですけど」

これはずっと考えていたことだ。小学校と中学校のときは、特区の外から通ってきている生徒はいなかった。今回はじめて、特区外の生徒と一緒に勉強することになる。

彼女たちのことをよく知りたいと思った。直接聞いても、なかなか答えてくれないだろう。

先ほどぶつかった女子は、そのまま気絶してしまったくらいだ。でも手紙なら問題ないはずだ。

明日までなら、レポート用紙の一枚や二枚分くらい書けるはずだ。自分のことなのだから。

「……分かりました。それでは特区外の人は、宗谷くんのために、自己紹介文を書いてきてください。強制ではありませんが、みなさんも特区内に勉強しに来るのですから、その意味をよく考えてください」

強制ではないと言いながら、強制しているような気がするが、たしかに自己紹介の文面ひとつ書けないようなら、この先も厳しいだろう。

ちなみに淳に話を振ったところ、「僕は特区内からしか選ばないから、そんなのいらない」と言われてしまった。まあ、淳はそうだろう。

放課後、俺はまっすぐ家に帰らず、女神がいる祠に向かった。身体を入れ替えて一日経ったわけだが、身体能力こそもとの身体に及ばないものの、頭のデキは比べ物にならない。

俺と入れ替わったせいで、この身体の評判が下がらないか不安だ。

なんにせよ、このクラスで一年やっていくのだ。悔いのないよう、生きていきたい。

◆武人の友人　久能 淳「念押し」

初日が終わった。新入生は入学式と簡単なガイダンスのみだった。

久能淳は、校門まで迎えに来た母の江美と一緒に帰った。

高校生とはいえ、男子生徒の母親ならば、迎えに来るのは別段おかしくはない。

親が仕事を早退してまで駆けつけたとしても、文句を言う社員はほとんどいない。

なぜならば将来、その子が自分の会社に入る可能性があるからだ。

社員が不満を持っていると思われないためにも、批判めいたことはだれも口にしない。

二人は無人タクシーに乗り込んだ。家まで約二十分。ここでようやく淳がホッと息をついた。

「おかえりなさいね、淳」

「うん。ただいま、お母さん」

淳と母親の仲は良好。多少過保護になったとしても、本人が気にしなければ、問題は生じない。車内で淳はゆったりとシートに背中を預けた。安心している証拠だ。

「クラスはどうだった？」

「大丈夫だよ。問題なかったかな。同じクラスになった宗谷くんとは、仲良くなれそう」

「そう。良かったわ。……分かっているとは思うけど、高校では目立たないようにね。青田買いしている企業はたくさんあるから」

「そうだね、分かってる。あっ、そうそう。やっぱり明日、班決めするって」

「貼ってあったクラス分けの紙は、だれかが写真に収めたそうよ。夜には班員に相応しい人の連絡がくるでしょう。うちは独立系だから、バランス感覚が大事なの。グループではなく、取引先の子が入るかもしれないけど、それでいいわよね？」

「問題ないよ。お母さんに任せる」

江美はホッとした表情を浮かべた。江美は美東ホールディングス傘下の『株式会社トップステップ』という会社に勤めている。トップステップは、手芸、編み物、刺繍教室を中心としたカルチャースクールを運営している。江美はそこの花形講師だ。

あるとき、生徒の前でポロッと「ああ、それは息子が気に入っていて……」と漏らしたことがあり、それのおかげか、江美が講師を務める教室には、多くの生徒が集まっている。

もちろん江美自身、息子をダシにするつもりはなく、それ以降、家庭の話はしていないのだが、それでも受講希望者があとを絶たない。

会社では、十年近く前から細工や和手芸、世界のクラフトなども教えるようになり、需要と供給が合ったのか、大きな成長を見せている。

これらは、通信教育や通信販売に強い『株式会社美東』のバックアップのおかげである。

株式会社美東は、華族系企業の出資でできた会社であったが、徐々に財閥系の資本が注入され、経営が複雑になったことから、華族と財閥、そして銀行の協力を経て独立した経緯がある。

独立系企業というのは、自身の力で立っているのではなく、よそに借りを作って独立を果たした企業のことをいう。「芸能人が事務所から独立」などと、同じ意味合いで使われる。

それゆえ、いまでもあちこちに気を遣いながら、会社の舵取り(かじと)をしているのである。

「それで男子生徒の宗谷くんって、どういう子？　仲良くやれそう？」

「そうだね。気のいいタイプかな。あと、ワイルド？」

息子の返答を聞いて、江美は「ん？」と首を傾げた。

これまで息子が「ワイルド」と表現した友人はいない。それは暴力的とか、唯我独尊的な意味だろうか。江美が心配していると、淳は慌てて首を振った。

「女性に対してとても優しい男子だよ。はやくも粗相(そそう)をした女子を守ったくらいだし」

「そう。じゃあ、その子は……」

「うん、信頼できると思う」

女性が男性に対して何かをしでかしたとき、「粗相」という言葉を使うが、一応隠語である。

いまでは一般的に使われているため、こうして母子の会話でも普通に出てくる。

「宗谷くんね……うちの上の方は、今頃どこ系か調べているかしら」

社会にはさまざまな派閥がある。華族系、財閥系、外資系が有名だが、他にも伝統系、新興系、独立系、単独系などがある。これら各派閥が特区で鎬を削って、男性の確保に乗り出している。

美東ホールディングスの場合、淳が中学生のときまで、親会社の美東が干渉してくることはなかった。せいぜいが、パーティに呼ばれるくらいだ。

だが、高校……しかも共学校への入学が決まったあたりから状況が変わった。

今日のクラス分けだって、上級生のだれかが貼り出された紙を写真に撮り、美東本社へ送信している。江美のもとにもクラス分けの写真が届いたほどだ。それだけ親会社は本気なのだ。

なにしろいま、若い男性は千人に一人しかいない。そのうち医師やカウンセラー、公務員など、男性が必要とされる職に就く者は、全体の半分弱。力のある華族や財閥に囲われる者は二割か三割。結果、世に出る男性の数は数千に一人から一万人に一人という有様なのだ。

長寿国日本で百寿と呼ばれる百歳以上の人は九万人超。一万人に八人もいる計算になる。

つまり、どの会社も男性社員の確保は急務かつ必要な案件。なにしろ、その企業で働く男性が皆無になったら、翌年、翌々年と、そこに入社しようと思う男性は現れない。

だれが自分が会社で唯一の男性になろうと思うだろうか。

淳が高校生になり、就職が見えてきた。在校中にコナをかけようとする生徒が出るかもしれない。本人ではなく母親をヘッドハンティングするかもしれない。母子へのさまざまな引き抜き工作が考えられる。それゆえ、親会社が淳の周囲を固めるのは当然。

勧誘が本格化してくるのはこれから。攻撃に対して、こちらは防御する必要がある。

「淳、分かっていると思うけど、くれぐれも目立たないようにね」

「……うん、分かってるって」

度重なる念押しに、淳は苦笑して応じるのであった。

第三章　班員決定

「女神いる？」

「なんですか、そのぞんざいな呼びかけはっ！　わたしが『いらない』って言ったらどうするんですか？」

「いや別に、いるか、いらないか聞いたわけじゃ……あっ、そうそう、これ。お供えのぼたもち。コンビニで売っていたから、買ってきた」

「ありがとうございます。こういうのを待っていたのですよ。お茶も一緒にあるとよかったですね。あっ、これは催促していいるんですからね！」

「催促かよ……じゃあ、次はお茶も一緒に持ってくるよ」

女神はぼたもちをヒョイとつまんで、口の中に入れた。

「それで（モグモグ）……この世界は（モグモグ）……どうですか？」

口の端にあんこをつけたまま、女神が聞いてきた。

「正直に言えば、いびつ？　社会どころか、学校の中も……かなり歪んでいると思う」

「ふむふむ（もぐもぐ）……歪んで（もぐもぐ）いますか」

「女子の忍耐力が試されていて、我慢が当たり前になっている感じがした」

「あー、なるほど。子孫繁栄に不可欠な男性がまったく足りないですからね。男性が足りないから早いもの勝ちで……なんてことを許していたら、社会はどうなります？」

「大混乱だな」

さすがに早いもの勝ちはまずいだろ。

「秩序を保つには、ルールが必要です。仕方ないことなのです」

「そうなのか？　本当に、あれは仕方ないことなのか……？」

俺とぶつかった女子生徒の顔が思い浮かぶ。

彼女は自分のしでかしたことの大きさに失神していた。俺が胸を揉んだ女子もそうだ。相手が俺じゃなかったら、彼女は本当に退学処分を受けていただろう。それが許されるのがこの世界だ。

「なにかありました？」

「……ちょっとね。それで聞きたいことがあるんだけど、特区の外ってどんなところ？」

「記憶の継承に失敗しましたか？」

「いや、それは大丈夫。ただ、知識として知っているのと、感情は別っていうか……記憶だと、ここよりも発展した都会に見えるんだよね。狭くてゴミゴミしているけど、発展はしている。でも特区外生は、クラスのカースト的に最下層なんだ。彼女たちも、自分たちは下であることを自覚している感じ？　そのギャップがどうにも理解しがたくて……」

「そうですか。特区ができたのはおよそ五十年前ですが、それよりもずっと……それこそ何百年も前から男性の住む場所は、だいたい決められていたのですよ」

「あー、それはなんか記憶にある。川で住むところが分けられていて、橋が関所になっていたんだっけか」

もとの世界の江戸もそんな感じだ。謀反を警戒して、「入り鉄砲に出女」なんて言葉が生まれていた。

「はい。そういった隔離された居住区があったおかげで、昔から多くの女性が男性と縁遠かったわけです。そして時代が進み、人工授精が成功して、女性が望めば子を宿せるようになったあと、男性の価値がますます高まりました」

「えっ？　逆じゃない？」

男がいなくても子供が持てるなら、男の価値は下がると思うんだが。

「それが、そうでもないのです。父親の存在は最高のステータスになります。人口が爆発的に増えたんですよ？　男性を求める女性は増えるわけです。男性の価値は相対的に上がりました」

よく分からないが、こういうことだろうか。たとえば世の中に外国産のうなぎが増えれば増えるほど、国産うなぎの価値が上がる。

人工授精によって子供が増えるほど、父親がいるだけで価値が高まる。マイナーな競技でインターハイに出場するよりも、甲子園出場の方が騒がれる。それは競技の知名度や競技人口の差からくるもので、「母数が大きい」というのは、それだけ重要なことだ。

「人工授精によって誕生した多くの女性が男性を求めた結果、価値が上がったと。数は力だな」

「そうですね。もともと男性は昔から集まって暮らすところがありました。明文化されていないだけで、この辺りは男性が多く住んでいるから居住許可がおりないなんて感じでやっていたようですよ。アメリカの男性優遇政策は、そういった長年の慣習に楔を打ち込んだのですね。法として残すことで、男性に絶対的な安心感を提供したのです。日本からも多くの男性がアメリカに渡って、一時期はかなり険悪な関係になったんですよねー」

そしていまだ、あの女性教諭のように、アメリカを敵視する人もいる。

昔から、男性が自然と集まって暮らしていたのは納得だ。集まらずにはいられなかったのだろう。日本の男性がアメリカに多く移住してしまい、やむを得ず日本もマネをする。それが特区。

「特区ができてからは、男性の渡米も減ったんだろ?」

「すぐに特区ができたわけではありませんので、徐々にでしょうか。たとえばこの東京特区ですけど、居住ははじまっても、最終的に完成といえるまでに十年かかっているんです」

「それは……結構かかっているな」

十年は長い。でも東京のど真ん中に町ひとつ造るのだから、そのくらいかかって当然か。

「反対もあったようです。他にも問題が……たとえば、特区に住むことができない女性や会社は、ここから立ち退くわけですけど、その費用の捻出に、国は頭を抱えたといいます」

「立ち退き……そんなに大変だったのか」

「当初は、男性一人に対して、女性四人から五人くらいを想定していたらしいですね。もっともそれだと経済が回らないので、倍の十人前後に落ち着いたようです。といっても、男性の家族もいますので、実際に住める一般女性はもっと少なくなります」

結局、ほとんどの女性が特区から去る計算になったと。

「ほとんどの女性が立ち退きか。うん、大変だわ」

「居住許可がおりると、日本中から男性が移り住んできましたので、アメリカの政策は間違ってなかったということでしょう」

「男性には、そういった潜在的な願望があったのかな」

「そうですね。男性が移住し、特区に住めない女性が去ったわけですけど、それは個人の話です。会社の立ち退きはさらに混乱したといいます」

「会社の引っ越しか……大変そうだ」

「会社は強制的な立ち退きの対象になっていませんでしたが、特区に拠点があれば、多額の税金が発生します。黒字会社が一転、赤字に転落するわけです」

「それは厳しいな」

「オフィスなどはまだ平気でしたけど、広い土地を使う業種は軒並み立ち退いたようです。その跡地は公園や原生林として蘇(よみがえ)らせて、周囲をフェンスで囲い終わった時点で特区税と特区条例が施行されて、特区内では男性の権利が法によって守られることになりました」

女神の話は詳細で、この身体の持ち主も知らないことが含まれていた。黒歴史っぽいところもあるため、中学校では習わないのだろう。逆に、金銭的な部分は習った記憶がある。

たとえば特区の維持に、特区外からかなりの税金が注ぎ込まれているなどの部分だ。

特区に住む男性は毎月、生活支援金を受け取っている。すべての女性は、毎月百五十円を男性への生活支援金として供出している。一人一人は微々たる金額だが、この男女比のぶっ壊れた社会だと、毎月十万円の小遣いとなる。人数比の暴力を見た気がした。

また、特区に住む女性たちは、さまざまな名目で税金が徴収されている。

彼女たちはそれを受け入れ、言われるままに支払っている。

男性が住んでいる地域で暮らせるのだ。金で解決できれば安いものだと考えているフシがある。

なんたるアメとムチ。

ちなみに男性も、特区に住む以上、義務は存在している。

共学校に通う十六歳以上の男子には、奉仕活動が義務付けられているのだ。

簡単に言うと三時間ほど、どこかで笑顔を振りまかねばならない。ただ、それを一回行うだけで一万五千円も貰える。時給に換算すると五千円だ。なんとワリの良いアルバイトだろうか。

この奉活は、最低でも年に十回行うらしいが、回数に上限はない。

希望すればいくらでも受けられる。就職しなくてもそれだけで食っていける。

女性の希望を叶えてやってください。そのかわりお金は払いますよというスタンスだ。

三時間、愛嬌を振りまくればいいのだからさぞかし……と思ったら、世の男性諸氏は嫌々通っているらしい。なんてもったいない。

「俺も十六歳になったら、奉活に行けるんだよな。楽しみだぜ」

奉活で男子が訪れてくれるのを世の女性たちは、心待ちにしてくれている。

申請する企業や団体などはあとを絶たないというのだから、よりどりみどりだ。

「武人くんの誕生日は五月二十日ですから、結構すぐですね」

女性にちやほやされて、お金まで貰える。やばい、毎日でも行きたい。

「奉活って、学校が休みのときに行くんだよな」

「そうですね。大抵は土曜日に設定されます。男性が訪れる場合、臨時出社や臨時登校で調整するようですよ」

「土曜参観みたいなものか。あれは参観日の翌日が振替で休みになったりするんだよな。……ということはあれか。男が行くだけで、会社や学校の予定まで変更するのか」

訪れるだけで、通常の予定を変えさせるのなら、冷静に考えるとすごいことだ。

それだけ奉活を心待ちにしているのだろう。

「話としては、そんな感じでしょうか。どうですか？　少しは参考になりましたか？」

「ああ、すごく参考になったよ」

ぼたもち以上の価値はあった。

「では次のお供えを期待してますので、おいしいものをお願いしますね」

おいしいものか。それはいいんだけど俺のこと、食べ物を運ぶ生き物と思っていないか？　まあ、飢饉の女神らしいとは思うけど。

俺は女神に礼を言って、今日は帰ることにした。これからは頻繁に、お供え物持参で訪れようと思う。手ぶらで来て、天罰とか下されたらたまらない。

女神と別れ、家に帰った。自分の部屋に入ってひと息つく。

「しかし……学校でのアクシデント（胸揉み）は衝撃的だった」

この世界の常識は記憶にあるものの、実感できていたわけではない。まさか、胸を揉んで謝られるとは思わなかった。

これは単純に「驚いた」とか「珍しい出来事だった」で終わらせていいものではない。

「マスハラについて、しっかり調べておく必要がありそうだ」

この世界で生きていくならば、女性との接触は普通におこりえる。

そのたびに右往左往していたら相手にも迷惑がかかってしまう。

今回は事なきを得たが、いくら自己責任の高校生とはいえ、特区退去はやりすぎだ。

この世界の常識に慣れるためにも、記憶に頼るだけではなく、ちゃんと調べておいた方がいい。

そう思ったのだが……。

「マジか。結構ヤバいな、これ」

ネットで検索しただけで、ヤバそうな情報がボロボロと出てきた。マスハラについて、その成立過程から理解した方がいいと思ったことが発端だ。過去に何があったのか、マスハラ成立以前の男性はどのような目に遭っていたのか、それを真面目に調べてみたのだ。

『電車で通学していたんですけど、女性がピッタリくっついて離れないんです。動けずにいると、腰を擦り付けてきて上下に動かすんです。身を固くしていたら吐息が聞こえてきて、その女性は僕の首筋や脇の臭いを嗅ぎながら、鼻をうずめてきました』

これは週刊誌に取り上げられた記事だが、控えめに言って変態の仕業だ。

男性が声を上げようにも、周りはみんな女性。声を上げることで、周囲の女性を刺激する可能性もある。男性は次の駅に着くまで、我慢を強いられたとある。

数十年前になると、こんな体験談がゴロゴロと出てくる。

「……なるほど、それまでは強制性交罪しかなかったわけね」

大昔の話だが、男性がトロフィーとして扱われていた時代があった。

男性に対する性的な接触は致し方ないと、目を瞑ってきた時代だ。

だが、この電車の一例からも分かる通り、近代ではその理論は通用しない。

男性が声を上げ、週刊誌やテレビ、ラジオが取り上げたことで、世間の意識が変わった。

「公衆トイレの前で張り込む女性がいたのか……さすがにドン引きなんだけど」

男性だって、用を足したくなる。トイレ前に張り込まれたらどうだろうか。

出るものも出なくなる。なんというか、すごい時代だったんだなと思い知らされる話ばかりだ。

こんな事例が積み重なった結果、男性への性的な行為について、刑の厳罰化と適用範囲の拡大、そして非親告罪化が推し進められた。

「過度な接触をすると、逮捕されます」ということだ。

そのおかげで男性の被害は減った……ように見えたが、水面下で行われるようになった。

「それがマスハラか」

過度な接触がダメならば、そこまでいかない接触ならオーケーよねとばかり、すれ違いざまに触れたり、わずかな時間だけ匂いを嗅いだり、会話のたびにちょっとしたボディタッチをしたりするのが流行ったらしい。

「流行ったって……」

ちょっとした癒し、日常における些細な楽しみ。女性はきっと、そう思ったのだろう。

手や腰などを一日に数回触るだけなら別にいいよね、と。だが、男性にとってはどうだろうか。

男性が一日に相対する女性は数十人から数百人。通勤・通学からはじまり、外で一日を過ごして、夜家に帰る。その間ずっと「ささいな接触」が続くのだ。

毎日……どころか何年もそんな扱いを受けたらどうなるか。いつか我慢の限界が来る。

男性とそれに賛同する女性が立ち上がったのだ。

各地でマスハラ裁判が頻発したことで、世の女性は男性が本気なのだと悟ったらしい。

「裁判所で会いましょう」は当時流行語にもなったとか。流行語になるのか？　実際、マスハラに対する考え方は、男女間で温度差があり、裁判所が悲鳴を上げるほど訴えが増えたらしい。

「そんな歴史もあって、現在の女性はマスハラを過度に恐れているわけね。特区条令も関係していると思うけど、訴えられたら負けみたいな風潮があるのかな。でも……」

マスハラについてはよく分かったが、『強制性交罪』はおかしくないか？

これは男性が被害者になることを主に想定している。おかしいよな。

力は男性の方がよっぽど強い。そんな状態で、性交を強制できるのだろうか。興味があったので、過去の事例を調べてみた。もちろん後学のためだ。いや、ほんとに。


『被告人は、共犯者（以下「X」）と●年4月より高校のクラスメイトとして知り合った。●年6月頃、被告人はXを廃工場に呼びだした。被告人は、原告がこの近くを通ることを伝え、Xに拉致を持ちかけた。（中略）原告は椅子に座らされた状態で、被告人から「付き合っている人はいるの？」「キスしたことある？」「全部答えたら解放してあげる」などと聞かれ、「答えないと、私のバックにいる組織に、あなたのことを伝えるから」という嘘を吹き込まれ、すべて答えていった。Xが身体を押さえ、被告人は原告のズボンと下着をずらし、「ごめんね、好きな人じゃなくて」と強制性交に及んだ』


「うっわぁ……マジでそんなことあるんだ」

強制性交罪の裁判記録には、このような事例がいくつも並んでいる。

もちろん、特区ができる前の事件だ。

いまはもう、そんなことはおこらない。

それでもこの文章から、当時の男性の気持ちが分かる気がした。彼らは、女性の目に留まりたくないのだ。平穏無事に生活するためには、目立たないことこそ重要だと悟ったのだろう。

このような流れを経て、いまの社会が成り立っているわけだが、マスハラという言葉には、男性の怨念みたいなものが残っているように感じた。男性には怨念、女性には過度の恐怖。

「ああ、そうか。配達ポストにいたあの人の怯(おび)えよう。もしかして……」

あの女性は震えていたが、なるほど、社内でマスハラが行われたのか。

特区退去は嫌だと言っていたのはそういう意味かと、ようやく分かった。

アクシデントはしょうがない。避けられないことだってある。そのとき俺はどうすればいいか、分かった気がした。女性を加害者にしないように、動けばいいのだ。

「俺が胸を揉んだときの対応は、間違ってなかったんだな」

あらためて、そう思った。


自室でくつろいでいるとき、ふと一緒に登校してくれた真琴(まこと)のことを思い出した。

春休み中、ずいぶんと心配をかけてしまった。

今日だって、遅刻する可能性もあったのに、俺を待っていてくれた。

「一応、連絡を入れておくか」

俺は、中学時代に作ったグループチャットに「いま帰宅した」とメッセージを送った。

この世界にも、チャット風のSNSが存在している。名前はカイトメッセンジャー。カイトは凧(たこ)

だ。海にいる蛸(たこ)の方ではない。カイトメッセンジャーは『凧の伝送者』を意味していて、ネットを『海』ではなく『空』にたとえているところが面白い。

時岡(ときおか)真琴、佐々木(ささき)裕子(ゆうこ)、江藤(えとう)リエの三人とメッセンジャー内でグループを作り、解散させないまま残している。

俺がメッセージを送ると、すぐに『おかえり』の返信が届きはじめた。

すぐに『入学式はどうだった？』『クラスの雰囲気は？』『怖くなかった？』『問題おきてない？』などと、こちらを心配する文面が流れてきた。

俺は苦笑して「同じクラスの男子とは親しくなれそう」と返した。

『そう？　無理してない？』とは真琴。リエは『ボクは大丈夫だって言ったんだけど、二人とも聞かないから』と書いてきた。裕子は『安心したわ』とだけ。だが裕子は、同じ学校へ行けなかった負い目から、一番心配していたと思われる。

それから俺を除いた三人で、ワイワイと会話が続く。話の内容を目で追っていると、俺がいない間に立てた入学後のプランについてあーだこーだと言い合っていた。

ローテーションで毎朝迎えに来るだとか、放課後は三人で迎えに行くなど。もとの世界なら「俺は小学校の低学年か！」と思われるやりとりが続いていた。

この春休みの間に、相当心配をかけたので、黙って成り行きを見守るが、一人で登下校できるのだと強く言いたい。というか絶対に噂(うわさ)になるから、登下校の送り迎えは、やめていただこう。

「そもそも、毎日そんなことしていたら遅刻するだろ」

それでも三人は、送り迎えを続けそうな気がする。

三人の会話が一段落したので、すかさず「みんなに会いたくなったし、次の休みにどこか出かけない？」と打つと、なぜか返信が止まった。

既読はついているので、見ていないはずはないのだが、なぜ一斉に黙り込むのだろう。

しばらく待っていると、『東地区の噴水公園がいい』と返事がきた。

どうやら裏で話し合っていたようで、三人とも同じ意見らしい。

俺が住んでいるのは東地区だから、噴水公園はすぐ近くにあるはずだ。

記憶を探ると、小学生のときに「歩き遠足」で行っているのが分かった。

公園を指定してくるとは思わなかったが、これは彼女らの配慮だろう。

俺を女性の多い人混みに連れていかない方がいいと考えたのだと思う。

「ありがとう。じゃ、そこにしよう。当日は、だれがお弁当を作ってくれるのかな？」

ちょっと悪戯心を出してそう書き込んだら、また返信が滞った。しかも今度は……かなり長い。

俺は「お弁当、楽しみだなあ」とさらに煽っておいた。

モテるというのは、こういうことなのかもしれない。違うか。

夜、居間でテレビを見ていると、母からメッセージがきた。仕事で遅くなるので、戸締まりをきちんとして、明日に備えなさいとのことだった。やはり昨日は、無理をして早退したのだろう。

特区内で働くのは本当に大変だと思う。

姉は勉強すると言って、部屋に入ってしまった。

姉は大学受験を控えて猛勉強中だ。高校と違って、男子大は存在しない。共学か女子大のみだ。

そのため、大学に通う男子学生は、強制的に奉活をせざるを得ない。

それはいいとして、姉が特区内に住めるのは、俺の家族だからだ。

特区は、男性がストレスなく暮らせるように設計されていて、その一環として家族は無条件で特区内に住むことができる。ただし特区に住む条件として、成人女性は職に就いていなければならず、未成年者は学校に通っている必要がある。

つまり、いくら男性の身内だからといって、ニートは特区に住むことができない。

高校卒業後に就職した場合、女性は成人したと扱われ、特区内に住めなくなる。

姉が大学進学に必死になっているのはそのためだ。ちなみに共学の大学は、倍率がものすごい。全国から優秀な女性が集まっている。

姉も「さすがにあれは無理だわ」と苦笑いしていた。男子の場合は状況が違っていて、希望すればだいたいどこの大学でも入ることができる。やる気があるのに、学力が不足しているからといって、その道を閉ざしてはならないというのが、受け入れる側の言い分だ。

学力が不足しているのならば、入学させない方がいいのではと思うが。

まあ、教師や医者、カウンセラーなどの道へ進む男性がいないと、男性の心のケアをする者がいなくなってしまうため、やる気のある者は、積極的に受け入れたいのかもしれない。

「そういえば、噴水公園……小学校の遠足以来だし、少し調べてみるか」

スマートフォンで検索をかけると、すぐに出てきた。それなりに広い施設だとある。

公園内に植物園があり、特設ステージでは季節ごとのイベントが頻繁に行われているようだ。公園の維持費は、特区に集まる税金から出ているらしい。植物園の入場料だけでは、足りないのだろう。もとの世界には税金で運営された無料の動物園があった気がする。

こういった維持費のかかる施設を持つというのは、それなりに行政がお金を持っていないとできないはずだ。そう考えると、世の女性に頭が上がらなくなる。

「タケくん、なにを調べているの？」

勉強中の姉が、二階から下りてきた。

「今度、中学の班のメンバーと噴水公園に行くんだ。それで、どうだったかなと思って」

「懐かしいわね。行って遊んでお弁当を食べて帰ってくるだけなのに、すごく楽しかったわ」

姉が遠い目をしている。姉は俺と同じ小学校だったので、話が通じる。

たしか姉にも仲の良い男子がいて、一度家に招待したことがある。噴水公園の話題はそのときはじめて聞いたはずだ。おそらくそれを思い出しているのだろう。

「本当に……あの頃はよかったなぁ……」

さらに遠い目をしはじめたので、俺は姉を放っておいて、スマートフォンで噴水公園の項目を読みはじめた。

芝の広場に大きな噴水があり、それが噴水公園の名の由来になっていた。

とくに休日は家族連れで賑（にぎ）わい、過ごしやすい春や秋には、人気のスポットとなるらしい。

小学校の遠足で行ったきりだが、近くにこんないい場所があったとは。

この身体の持ち主は、そういうのに興味なかったんだろうか。

距離ソフトを立ち上げて調べてみると、家から歩いて三十分と表示された。

遠足のとき、結構苦労してたどり着いた記憶があるが、それは子供の足だったからだろう。

「姉さん、噴水公園に行くのに、どのくらい時間がかかったか、覚えてる？」

隣で思い出にひたっている姉に聞いてみた。

「え？　ああ……子供のときの話よね」

「そう、『歩き遠足』で姉さんも行ったと思うけど」

「ええっと、一時間くらいだったかしら。チェックポイントを通って行ったから、少し遠回りしたのかもしれないし……思い出した！　遊歩道に沿って歩いたのよ」

「遊歩道か、なるほど……」

たしかに通ったかもしれない。

特区のあちこちに、車や自転車の入れない遊歩道が設置されている。

「噴水公園までバスは通っているけど、地下鉄は……ちょっと遠回りね」

「いや、歩いていくからいいんだけど」

地下鉄は特区内を一周するものと、西から東へショートカットするものが一本ずつ走っている。

ちょうど、進入禁止のマークを描く感じだ。

地下鉄は使いづらいことも多いが、バス網がいい感じに足りない部分を補ってくれている。

不便なときは、スマートフォンで無人タクシーを呼べば済むので、移動に困ることはない。

「そういえば、姉さんや母さんの位置情報って、俺のスマホで分かるんだっけ？」

そういうアプリを使った記憶がない。

「たぶん一緒に入れたと思うわよ。使ったことない？」

「……ないんじゃないかな」

これまでは、母や姉がどこにいるか気にしたことはなかった。

位置情報アプリがスマートフォンに入っているのかすら、覚えていない。

「設定してあげようか」

「やってくれる？」

スマートフォンを渡すと、姉はちょいちょいと操作して返してくれた。手慣れたものだ。

「アプリはインストールされていたから、一ページ目にアイコンを置いといたわ。設定だけど、普段はオフにしておくね。オンにすると、地図画面で私たちの位置情報が出るようにしたから」

「ありがとう、姉さん」

以前から、母と姉はいつでも俺の居場所を調べることができていた。

誘拐とかがあったら大変だからだ。

特区内ならば、監視カメラとこの位置情報のおかげで、変な事件に巻き込まれる可能性は低い。

万一誘拐されても、位置情報を頼りに捜索してくれる。ちなみにスマートフォンの電源を落としても意味はない。位置情報だけは正確に読み取ってくれる。

そう、男性にプライベートはなきに等しいのだ。俺が今日、北の森に行ったことも姉は知っている。まさかそこで女神と会話しているとは思わないだろうが。

「ねえ、必要なら噴水公園の情報を調べておくけど？」

「いやいい……それより、ラミネーターってどこにあったかな？」

「ラミネーター？　透明フィルムを熱で蒸着（じょうちゃく）させるあれのこと？」

「そう。ちょっと使いたくて」

「普段使わないから、勝手口の納戸（なんど）にしまってあると思うけど……」

「ありがとう。探してみるよ。姉さんは勉強がんばって」

「う、うん……がんばる」

姉は不思議そうな顔で俺を見ていたが、すぐに勉強を再開するため、二階へ上がっていった。

女子大といえども、特区内はとにかく人気なのだ。姉にはぜひともがんばってもらいたい。


入学式の翌朝。

俺は中学時代のジャージでジョギングをはじめた。もとの肉体のときの日課だ。本当は空手の型稽古もやりたいのだが、急にそんなのをはじめて、家族から不審に思われても困る。

「……スポーツウェアを買った方がいいな」

ワードローブの中を探したが、運動に適した服はひとつもなかった。これまでずっと、完全なインドア派だったようだ。ジョギングをはじめて少しすると、息が楽になってきた。

身体的なスペックは悪くないようで、予想以上に身体が動く。運動する機会に恵まれていなかっただけで、しっかりと鍛えてやれば、かなりのところまでいきそうな気がする。

砂利道の遊歩道だが走りやすい。そしてやはりトレーニングはいい。

もとの身体に比べれば、身体能力はかなり落ちるものの、走ることは苦痛ではない。

向こうから女性が走ってきた。こんな清々(すがすが)しい朝なのだ。だれだって外を走りたくなる。

「おはようございます！」

——ズシャァー！

元気よく挨拶したのだが、すれ違いざま、女性は盛大にコケていた。

一瞬だけ驚いた表情をしていたので、なにかを見たのかもしれない。

「こういうときは、そっとしておくのが一番だよな」

だれだって、コケたあとは恥ずかしいものだ。

俺は気づかないフリをして、そのままジョギングを続けた。

遊歩道を進むと、右手に公園が見えてきた。ちょうど、中にだれもいない。

「よし、ここでトレーニングするか」

ジョギングは足腰を鍛え、心肺機能を高める。上半身は別のトレーニングが必要だ。

まずは息を整えてから、ストレッチをはじめる。これは、疲労した筋肉を回復させるために必要なことだ。昔は、運動前に入念なストレッチをするように指導されていたが、近年では運動前のストレッチは推奨されていない。怪我(けが)をしやすくなるらしい。

反対に、運動後の疲労除去にストレッチがいいと言われている。

というわけで、いまは筋肉のクールダウンの時間だ。

筋肉をつけたい場合、筋トレをしてからジョギングなどの有酸素運動をした方がいいとされている。だが、俺はあえてその順番を無視している。それはなぜか。

この身体で先に筋トレをすると、筋肉が疲労してしまう。それではかえって怪我しやすくなってしまう。十分に鍛えていないうちは、有酸素運動のあとに筋トレをした方がいいのだ。

十五分ほど休憩を取ったあと、俺は木に足をつけて腹筋、そして公園に設置してあった懸垂バーを使って、懸垂をはじめた。

「……ふう、暑いな」

ジャージの上を脱ぎ、腹筋と懸垂をもう一セット行うことにした。

公園に設置されている懸垂バーだが、これがある公園は意外と少なかったりする。もとの世界では、懸垂バーのある公園をいくつかチェックしておいて、ジョギングのたびに利用していた。

ただし、夕方以降は子どもの遊び場になっているので、使うのは早朝に限られたのだが。

腹筋も懸垂も、無理は禁物。とにかく身体ができていないうちは、思わぬ怪我をすることがある。数をこなすことを念頭に、数回やっては休み、数回やっては休むを繰り返した。

懸垂中に気づいたが、小型犬を散歩中の若い女性が、こちらを見て固まっていた。

いや、それだけではない。出勤途中だろう、スーツ姿の女性が鞄(かばん)を抱えて微動だにしていない。

部活の朝練に向かう中学生くらいの女の子も、公園の脇を通るとき、一瞬で固まった。

フラッシュモブかな?

「この世界は、フラッシュモブが流行っているのか?」

早朝の突発的フラッシュモブが最近のトレンドなのかもしれない。

分かっていたら、真似したのだが。それに気づいたのは、家に帰るジョギングの途中だった。

今朝は休憩を入れながら、十キロメートルを走った。休憩を考慮しなければ、五十五分で走った
ことになる。まずは休憩なしで、五十分を切るのを目標にしようと思う。ピッチ数とスライドから、おそらく一キロメートルを五分で走るのはそれほど難しくないと思われる。

「ただ、筋肉と関節がなぁ……」

どこまで無理できるか未知数なため、そのへんは身体と相談しながらになる。

なんにせよ、この身体を鍛えるのは存外楽しそうだ。

「ただいま」

家に到着した。もとの身体では普通にできた運動でも、この身体だと汗だくだ。ジャージもTシャツもグッショリと濡れている。やはり替えのウェアは必要そうだ。しかも早急に。

「タケくんおかえり? というか、どこか行っていたの?」

「うん。高校生になったことだし、身体を鍛えようと思ってね」

「そう。それはいいことね。お姉ちゃんが、トレーニングウェア買ってきてあげようか?」

「ほんと? ありがとう。お願いしていい?」

「もちろんよ。いつもそうしているじゃないの」

この世界の十代男子は、町で買い物したりしない。そもそも一人で出歩かない。

必要なものがあれば、親に買ってきてもらう。そもそも男性用は選ぶほど種類がない。

服ならサイズさえ合っていれば、みんなあまり文句は言わないらしい。俺も気にしないので、ここはお任せでいいだろう。姉も、町で男物を買うのは嬉しいらしいし。

「じゃ、俺はシャワーを浴びてから学校に行くよ」

「ぎゃあああ、タケくん。ここ、廊下！　ここで脱がないでっ！　脱衣所で！　お願い！」

姉があまりに騒ぐので、脱ぎかけたTシャツを再び着る羽目になった。冷たい。


シャワーと着替えを済ませて登校すると、クラスの女子が何人かこっちに視線を送ってきた。

というか、みんな来るのが早い。始業までまだ二十分以上あるのに、ほとんどの女子が来ていた。なんて真面目なんだろうか。さすが偏差値が高いだけのことはある。

俺が席につくと、女子がソワソワしだす。そこで俺はピーンときた。

「みんなおはよう。自己紹介文を書いてきた人がいたら、見せてくれるかな」


——ガタガタッ！

一斉に立ち上がるものだから、廊下を歩いていた他クラスの女子が「ひぃ!?」と驚いていた。

散歩中の犬が、シャッターを開ける音にビビるのと同じだ。

女子たちがこぞって手にレポート用紙を持ってやってきた。あらかじめ決めてあったのか、俺の前で一列に並び、丁寧にお辞儀してから両手でそれを渡してくる。卒業証書授与式かな？

「なんか分厚いものが……あれ？　製本されてる？　こっちはカラー？」

特別な紙を使っていたり、写真が印刷されていたりと、なんか俺が思っているのと違うものが交じっている。昨日の今日で、ここまでできるものなのか？　というか、量が多いのはなに？

「これ、装丁本？　てか全員、特区外生!?」

教室にいた女子が全員、ここに集まっている。

「いえ、私は特区に住んでいます。これは自主的に書いてきたのです」

「あー……」

そういうことか。男子に自分のことを早く覚えてもらうのに、いい機会だと思ったのだ。

でもこれ、全員分読まなきゃだめなんだろうか。

十万字くらいあるのは、もはや自己紹介ではなくて回顧録、もしくは私小説だ。

昨日の今日だよね？　これを一人で書いた？　そんなはず、ないよな。

山になった自己紹介文（？）を眺めていると、周囲の女子が熱い視線を注がれる。

「まずは、特区内生と特区外生に分けるか」

この場で全部を読むのは不可能だし、そもそも昨日、班は特区外の女子を希望すると言っている。まずは特区とそれ以外で分けようか。俺は流し読みしながら、仕分け作業をはじめた。

「宗谷くん、おはよう……うわっ!?　それなに？」

「おはよう、淳……なにに見える？」

「研究に使う参考文献とか、論文集？」

「だいたい合ってる。正解は、クラスの女子が持ってきた自己紹介文だ」

「かすってもいないよね、それ」

「中身はだいたい合ってる」

「……そうなんだ」

俺が読んでいる冊子を盗み見ながら、淳がドン引きしていた。

俺が仕分けをしたところ、女子三十八名中、特区内生は二十二名とそれなりに多かった。受験倍率から考えると、特区外からの受験者は相当数いたはずである。

人数比から考えて、「学力以外のなにか」で落とされたのだろう。そんなことより中身だ。

午後までに班員を決めておかねばならないのだから、ゆっくりしていられない。

「こりゃ、授業中も内職しなきゃ、だめかな」

「……そうだろうね」

隣から呆れた声が聞こえた。そういえば淳は、どういう基準で班員を選ぶつもりだろうか。

授業がはじまった。

といっても、まだ入学してから二日目。席は昨日と同じで適当。

授業は教科書の序盤を軽く説明する程度のようで、本格的なものではなかった。

俺は授業そっちのけで、自己紹介文を読んだ。

一応、二時間目の終わりまでには、だいたい読み終わった。

さすがに誕生からいままでの軌跡や、ラブレターもどきのところは飛ばして読んだ。

「なるほどね……劣等感と向上心に、わずかな希望ってとこか」

特区に住むには、親のステータスが重要だ。希望してもなかなか住めるわけでもない。

住みたいけど住めないという思いが、親から子へと受け継がれている気がする。自己紹介文にもそれがよくあらわれていて、母の希望とか、宿願なんて言葉が出てくる。

十五歳の女の子が宿願なんて言葉を使わなくてもいいだろうに。親の仇討ちかなにかかな？

特区外の女子は、母親ができなかったことを努力で手に入れた。特区内の学校に通えば、男性とお近づきになれる。特区外にいる限り可能性はゼロだ。なぜなら昨今の男性は、わざわざ女性と触れ合うために特区から出ることはない。だからこそ、努力してここへやってきたのだ。

自己紹介文（？）にも、その想いがよくあらわれている。

いま一番売れているマンガは、外から特区に遊びに来た主人公が男性に見初められるというものだという。この世界のテンプレというやつで、手を変え品を変え、似たような作品が出てくる。

それは特区外に住む女性たちに共通した憧れ、夢、想いなのだろう。

「どう？　決まった？」

選ぶだけで大変そうだねと、淳が同情の視線を向けてくる。

ちなみに「念のため」と淳にも自己紹介文（？）を提出した女性がかなりいたが、淳は「僕は受け取らないから」と、笑顔ですべて突き返している。

豪華な装丁の自己紹介文（？）など、淳はいらないだろう。俺もいらないが。

なぜ全部突き返したのか。淳いわく、こういうのは変に希望を持たせない方がいいらしい。

三時間目の授業が終わり、ついに委員会や班を決める時間がやってきた。今日はこれでお終いらしいので、終了時間を気にしなくていいという。

まず委員会や係が決められる。男子は委員会に入る必要がないらしい。

入った方が問題があるようだ。なぜだ？

「中学とは違うからね。委員会の用事にかこつけて、別のクラスの女子が教室にやってきたり、放課後に呼びだしたりするんだよ」

「委員会の活動は授業時間外だから……そういうことができるのか」

「委員会活動なんです」といえば、会う理由なんていくらでもつけられる。

遅くまで二人で学校に残ることも可能だ。それで過去に、なにかあったのかもしれない。

「ちなみに女子の総意で、男子を委員長に推薦する場合が以前は多かったらしいよ」

男が委員長なら、班以外の女子が話しかけても自然だ。うん、少しでも機会を持とうとするのはいいけど、委員会の仕事とは関係ないな。ある意味、邪な理由で委員長に選ばれるわけだ。正当な活動が阻害されかねないし、男子は委員会に入らない方がいいわ。

委員会と係が決まるのをぼーっと眺めていたら、なぜかあっさりと終わった。

女子が総力を挙げてテキパキと動いていた。このクラス、こんなに団結力があるのか。

「さて、残るは班決めです」

新しく委員長となった海城(かいじょう)しぐれさんがそう言うと、教室内が一斉に静まり返った。いや、だれかが生唾を飲み込むゴクリという音が聞こえた。

「慣例にしたがって、まず男子の希望を聞きたいと思います」

「久能(くのう)くんと宗谷くん、希望をお願いします」

俺から発表しようかと思っていたら、おもむろに淳が立ち上がった。

「僕は前間美鶴(ぜんまみつる)さん、見附絢音(みつけあやね)さん、八代未空(やしろみく)さん、高藤遙(たかとうはるか)さんにします」

教室内から女子の悲鳴が響いた。それは選ばれたからか、選ばれなかったからか。

「り、理由をう……伺っても、よ、よろしいですか？」

「親の職業とだけ」

そう言って淳は座った。よく分からないが、すでに親の職業までリサーチ済みらしい。

「分かりました……それでは宗谷くん、お願いします」

さて俺の番だ。ゆっくり立ち上がると、俺以上に緊張している女子の顔が目に入った。

「俺は昨日伝えた通り、特区外から選ぶことにします。その前にまずは礼を言わせてください。今日、みんなから自己紹介文をもらいました。これはあとでじっくり読ませてもらいます。いまは班決めに必要なところだけ目を通しました。その上で決めたのは……」

ここで一呼吸置く。すがるような目をした者、手を組み拝んでいる者、平静を装っているが頬(ほお)を真っ赤にしている者とさまざまだ。

「遠野彩乃(とおのあやの)さん、橋上雛子(はしがみひなこ)さん、菊家友美(きくいえともみ)さん、青野由宇(あおのゆう)さんの四人を希望します」

淳のときと違って、悲鳴は上がらなかった。

「理由を伺ってもよろしいでしょうか？」

「いいですよ。俺はいま名前をあげた四人の顔を知りません。ですから完全に、自己紹介文から選んだことになります」

「そういえばっ……」

教室内からそんな声が聞こえた。普通、男性が女性を選ぶとき、容姿や家柄が基準となるからだろう。どういう基準で選んだか興味があるだろうし、あとで憶測が飛び交っても困る。

この場で理由を話しておくのは、俺にとっても悪いことではない。

「中学のとき、俺の班はとても個性的で過ごしやすいものでした。それは一人一人の役割ができていたからだったと思います。三年間という短い高校生活の中で、一年間をともに過ごす仲間は、とても大事です」

何人かが頷(うなず)いている。

「ですので、俺は中学のときにならい、個性的な人たちを選びました。どう個性的だったのかここでは述べませんが、とても面白い一年間になるのではないかと期待しています」

俺がなぜ自己紹介文を書かせたのか、その理由に思い至ったのだろう。みなそれぞれアピールしてくるポイントがあった。その中で、親や親類、会社やコネを推してきた人たちは外した。

あくまで彼女たちがどういう人物なのかだけを見て選んだ。

みなに伝えたように、きっと楽しい一年間になると思う。

他の班はすんなりと決まり、班ごとに集まって話し合いの時間になった。

俺の周囲に、新しく班員になった四人の女子が集まってきた。当然、みな初対面だ。

「知っていると思うけど、宗谷武人です。みんなの自己紹介文をじっくり読ませてもらいました。いろいろ質問はあると思うけど、それはおいおいということで。まずは各自、自己紹介してもらえるかな」

緊張していたが、一気に言うことができた。

「はい。では私からでいいですか？」

「菊家さんかな？　どうぞ」

俺が名前を当てると、彼女は少し驚いていた。

「菊家友美です。家はおそらくだれも知らないと思うので、埼玉県のかなり田舎の方とだけ。ここまで二時間かけて通っています。どうぞよろしくお願いします」

菊家さんは、なんというか委員長風味だ。やぼったいメガネをかけていて、髪は左右で結んでいる。メガネというのはこだわりなのか、面倒なだけなのか。

俺が彼女を選んだ理由は、遠距離通学という剛の者で、苦学生だから。

彼女は中学生の頃からスーパーでアルバイトをして、母親の家計を助けていたらしい。

この世界では、中学生からアルバイトができるようになっている。

人口が少ないから、慢性的に人手不足なのだろう。勤労少女だが学業は優秀らしく、学校の強い勧めでここを受験したらしい。自己紹介文には書いていなかったけど、学業特待生だと思う。

「じゃ、次はあたしね。あたしは遠野彩乃、十五歳。こう見えて、ファッションと特区内には詳しいんだ」

こう見えてというか、そうとしか見えない外見の彼女は、コギャル風なアクセサリを身につけている。各所から鎖が頭を覗かせ、動くたびにジャラジャラと音を立てている。鎖の先についた小物は、先生に見つかったら、没収されるんじゃなかろうか。優等生然とした菊家さんとはまったく正反対のヤンキー風味。だが、ここに来るのだから、頭が悪いわけではないと思いたい。

ファッションに詳しいらしく、自身でいろいろ研究し、自分にもっとも合ったものを身につけていると自己紹介文には書いてあった。彼女を選んだ理由は単純に、他に似たような人がいなかったから。あまりにも個性的だったので、迷わず決めてしまった。

「わたくしは、橋上雛子と申します。皆々様がた、よろしくお願いしますわ」

三人目は物静かな大和撫子風美少女。着物が似合いそうな、古風な外見をしている。

声が上ずっているのは、緊張しているからだろう。彼女は外見に似ず、サブカルに強い。ヲタは間違いない。『腐』がつくかは分からないが、『趣味に生きる女子』といった覚悟が読んでいて伝わってきた。あとパソコンにも詳しいらしいので、理系人間かもしれない。

俺はそのへんのところが疎いので、これから助けてもらうことも多そうだ。

「ユウの番だね。青野由宇だよ。陸上の特別推薦枠で入ったんだけど、球技も得意だからね！　みんなよろしくね」

小柄ながら、若駒のようなしなやかな肉体を持つ彼女は、自己紹介の通り、スポーツ推薦組。といっても、学力試験は普通にあるので、もとの世界と同一視してはいけない。

彼女こそ文武両道なのだ。陸上をやっているだけあって適度に日焼けした肌がまぶしい。

カリカリジューシーと名付けたくなりそうだ。この中で唯一ショートヘアである。

俺が自己紹介文から彼女たちを選んだ基準は、他と被らない能力を持っていること。

容姿や家柄とかは一切考慮せず、本人が面白そうかどうかで決めている。

クラスで一年間、一緒に過ごすのだ。この面白そうかどうかは重要だと思う。

「この中から班長を選ぶわけだけど、これはクラスの女子に恨まれる損な役割になるかもしれない。それでもやりたい人はいるかな」

班長はブロッカーになる。みんな男子と話したいのだ。それを「彼に用があるなら私を通して」と言わねばならない。当然、「何様よ」と恨みを買うことになる。

たとえ学校側が「そのように配慮せよ」と言っていたとしてもだ。

「私がやります。さっき名前が挙がったときから、やろうと決めていました」

菊家さんが手を上げた。他の三人はそれで問題ないらしい。

遠野さんはあからさまに、ホッとした表情をしていた。

「それじゃ菊家さん、一年間、班長お願いね」

「はい。精一杯やらせていただきます」

「そんなに気を張らなくていいよ。なにがあっても、俺は菊家さんの味方だから、もし不快な思いをしたらすぐに言ってね」

俺がそう告げると、菊家さんは「はい」と少し涙声になっていた。

その後、五人で雑談をしていると、すべての班の自己紹介が終わったらしく、担任が他己紹介をするようにと促した。

順番がきて、俺たち五人は黒板の前に並んだ。そこで菊家さんは、堂々と俺たちを紹介した。

教壇の前からクラスメイトを眺めていると、悲喜こもごもな様子がよく分かる。

中学校のときと違い、二つの班にしか男子がいない。

残り六つの班は一年間、どうなるのだろうか。

俺は他己紹介を聞きながら、できるだけ菊家さんに負担がかからなければいいなと考えていた。

ちなみに席は班でまとまるのが原則である。淳と相談した結果、俺たちが隣同士に座り、その周囲を同じ班のメンバーで固めることに落ち着いた。

「席替えをしても、ずっと一緒でいいよね」

「ああ、それでいこう。たった二人だけの男子だしな。仲良くやっていこうぜ」

ガッチリと握手を交わすと、何人かの女子が「ああっ」と、悩ましげな声をあげていた。

班も決まり、これから本格的な学校生活がはじまるのだが、そういえば特区外生が知らないことがひとつあった。

「そうそう菊家さんたち、放課後に一瀬先生のところへ行ってね」

俺がそう言うと、菊家さんたちの頭上にハテナマークが浮かんだ。詳細は、担任が責任を持って説明してくれるだろう。簡単に言うと、彼女たちがなんの対策もしないと、男子と話をしたいクラスの女子のみならず、他クラス、他学年の女子が押し寄せてくるのだ。「あの班はガードが緩い」という噂は音速で広まり、「じゃ、たしかめてみよう」となるのである。

そのために特区内に住む女子は、小学生の頃から鍛えられる。

事実、真琴たちのフォーメーションは完璧だった。彼女たちにそこまで求めていないが、班外の女子が話しかけても、「私は知りません」という態度を取ったら大変なことになる。

すぐ学校の知れるところとなり、彼女たちは呼びだされる。班替えなら穏便に済む方だ。なんらかの処罰が与えられる可能性だってある。担任からせいぜい派手に脅してもらおう。

今後を考えたら、それが彼女たちのためになるのだから。

「とにかく、行けば分かるから」

「は、はい」

「行けばいいんだよな」

「分かりました。みなで参りたいと思います」

「うん、行ってくるよ！」

彼女たちはフォーメーションの練習を含めて、二、三時間は拘束されるだろう。

俺はどうしようか。せっかくだし、女神に会ってこよう。


コンビニに寄ってから、女神のところへ行った。

「女神、ご在宅?」

「なんですか、その投げやりな敬語はっ! どうせ頭に『ご』でも付けとけばいいやと思ったんでしょう。というか、ここは自宅ですか? わたしの家なんですか? チャイムを鳴らしたら、わたしが出てくると思ってるんですか?」

「いやだって、よく分からないし。ほらっ、それよりこれ。きんつばと道明寺買ってきたんだ。どっちがいい?」

「わたしは祟り神なんですから、もうちょっと敬うとかですね、きんつばをいただきます。手に取ったときの重量がいいんですよね」

「きんつばね。今日は飲み物もあるよ。はい、『濃い煎茶』」

「ありがとう(もぐもぐ)ございます。ちゃんと(もぐもぐ)覚えていたのですね」

怒りはおさまったのか。というか、もう口に入れている。

「そりゃ、覚えてるよ。昨日の今日だし」

「そういえば、毎日来るだなんて、わたしと会えないと寂しいんですか?」

女神がニマニマしながら、こっちを見ている。

小豆の皮が口の端についているが、言わないでおこう。

「そうじゃなくて」

「でしたら、緊張して女子とまともに喋れなかったとか? あげくにデュフフなんて変な笑いをしちゃったりしてます?」

「出してねえよ、そんな笑い声！　というか女子の方が俺より緊張してたんでうまく話せたよ。それより今日、班決めがあって、みんなに自己紹介文を書いてもらったんだけど……」

「自己紹介文？　なにか問題でもありました？」

「うん、ちょっとあったかな。特区外女子の社会的地位の低さと、特区の女子の家柄信仰というのかな。それがよく分からなくて」

「なるほど、記憶にもあると思いますけど、ここへ来たということは、記憶にあるもの以外を知りたいと？」

「そういうことかな。たとえば、クラス内だと特区女子が上で、特区外女子が下なんだよね。特区外女子は、その格差を受け入れている……」

今回、彼女たちの自己紹介文を読んだが、まるで身分制度があるかのように書いている人もいた。この身体の持ち主は、そういうことにあまり興味がなかったので、残っている記憶も少ない。

クラスの中に身分制度。普通なら笑いだしてしまうところだが、おそらくこの世界では正しいのだろう。なにしろ、だれもそれに異を唱えないのだから。

「昨日はこの世界の歴史についてお話ししましたね。今日は……そうですね。もしいま、とある男性が特区に住む『なんの力もない女性』とお付き合いしたと仮定します」

「うん、よくあることだよね」

たまたま男性が見初めた相手が、そのような境遇だったなんて、どこにでも転がっている話だ。

「女性は……中堅の会社で働いているとしましょう。その男性に好意を持つ女性が他にもいます。

当然ですね。権力を持った女性がその男性を手に入れるため、自身が持っている『力』を使ったりすると思いますか？」

「うーん……力って権力のことだよね。使うかな。使わずに意中の相手をずっと見守っているかといえば、そんなことはないと思う」

「そうですね。権力を使うといっても、裏から気づかれず、しかも合法な手段を採るとします。女性が特区外へ転勤、もしくは解雇ってこともあるかもしれません。男性は特区の外へついていけません。万難を排してお付き合いを続けるか、それとも別れるかは分かりませんが、かなり厳しい選択を迫られます。つまり、なんの力もない女性とお付き合いしたことで、お互い不幸になる可能性が出てきました」

「そうだね。女性が不幸になれば、男性もそうなるかもしれない」

「残念ながら現代では、このようなことが往々にしておこりえます。女性は男性を守る力がない場合、本人のみならず、男性をも不幸にするのです」

　もちろん、必ずというわけではないと、女神は言った。

　だが可能性が一割でもあれば、それはかなり大きなリスクだと。

「だから女性は、家柄や権力が重要だと？」

「女性本人でなくてもいいのです。その親、親戚、所属している会社でもいいのです。庇護（ひご）してくれる存在がバックにいるだけで、リスクは格段に減ります。横槍（よこやり）をはねのけてくれる存在が味方であれば、安心して男性とお付き合いできます」

逆に、後ろ盾がまったくない女性と一緒になると、自分の身にも不幸が降りかかるわけか。

平安時代の権謀術数みたいだな。後ろ盾のない皇子が源姓を賜って、女性遍歴を重ねた絵巻があった気がする。

「つまり女性を選ぶ際、後ろ盾があった方がいいってこと？」

「ほぼ必須ではないでしょうか。もちろん、男性本人に強い味方がいれば、関係ないですけど」

「なるほど……」

淳はたしか、親の仕事で班員を決めたと言っていた。後ろ盾のある女子を選んだのだろう。

「特区の中でさえそうなのですから、まして特区外ならばなおさらです。力がないから外に住むのですから、自分が下と思うのは当然のことですよね」

「人は平等だと俺が言ったら？」

「冗談がお上手ですね、と返されると思います」

「まじか」

今日、家で彼女たちの自己紹介文をじっくり読もうと思っている。けど、その前に分かってしまった。彼女たちは、悪意なく学校で序列を作っているのだ。

特区外の女子は、それを当然と受け止めている。そう、彼女たちに悪意はないのだ。

この世界においては、その考えが普通なのだから。

「疑問は氷解しましたか？」

「うん、ありがとう。時間をかけてゆっくり考えてみるよ」

「そうですね。それがいいと思います。……あっ、次に来るときは、フルーツでもいいですよ」

「お供え物としては、果物は定番か」

仏壇にスイカやブドウ、柿などが供えられているのを見たことがある。

俺は「分かった」と言って、女神のもとを辞した。

ふと思い立って、もう一度コンビニに寄り、今度はタコヤキを買って温めてもらった。

「萌ちゃん、咲ちゃん、タコヤキを買ってきたから、一緒に食べよう」

家に帰って二人のイトコを呼んだ。

「「武人さん、ありがとうございます」」

相変わらず二人とも、礼儀正しい。

「学校はどう？　男子はいないんだよね。寂しくない？」

二人は特区の女子小学校に通っている。

特区に限定すれば、彼女たちはヒエラルキーの下層に位置している。

「はい、学校は楽しいです」

「寂しくありません」

元気のよい答えが返ってきた。これだけだと、本心か我慢しているのか分からない。

「よし今度、三人で出かけようか？」

二人の動きがピタッと止まった。

萌ちゃんの爪楊枝の先から、タコヤキがポタリと落ちたが、気づいていない。

「いいのですか？」

「もちろんだとも。それと勉強も見てあげようか。俺も小学生のときは姉さんによく勉強を見てもらったし」

笑いかけると、二人とも口を半開きにして頷いてくれた。

俺の予想だけど、社会のヒエラルキーは、大人だけでなく子供たちにも及んでいる。

下層に位置する者ほど、より多くの我慢を強いられるのだ。

「ありがとうございます」

「とても楽しみです」

「うん。じゃ、それを食べちゃおうね」

「「はいっ」」

さて、タコヤキをおいしそうに食べている萌ちゃんと咲ちゃんだが、このまま帰すつもりはない。俺には野望があるのだ……フフフ。

「おいしかった？」

「はい、おいしかったです」

元気よくハキハキと答える萌ちゃん。咲ちゃんはまだ最後の一個が残っている。

「中はまだ熱いからね。口の中をヤケドしないように食べてね」

「はい。ありがとうございます」

咲ちゃんが食べ終わるまで待ってから、俺は口を開いた。

「学校でお友だちは、たくさんいるかな？」

「はい。いっぱいいます」

「そうか、よかったね。友だちに俺の話とかする？」

「……いえ、そういう話はしません」

萌ちゃんは一瞬黙り、考えてから答えた。おそらく美奈代（みなよ）さんの教育だろう。男性と一緒に暮らしていることは黙っているようにとか、そんな風に言われているのだと思う。

「そっか。外では話しづらいかもね」

萌ちゃんは頷いた。萌ちゃんは小学六年生。こんなに幼いのに、男性との会話で慎重に言葉を選ぶ配慮がある。本当にこの世界の女性は大変だ。

「だったらさ、せめて家の中では家族になろうよ。もう実質家族みたいなものだし」

この提案には、萌ちゃんも咲ちゃんも驚いたようだ。

咲ちゃんは、口を開けて俺を見ている。歯に青のりがついている。あとで取ってあげよう。

「家の中とか、一緒に出かけたときは、俺のことを『おにいちゃん』って呼んでいいからね」

そう、俺はこの二人のイトコに「おにいちゃん」と呼ばせたかったのだ。

小学生の女の子から「武人さん」なんて呼ばれたら、お尻がむず痒（がゆ）くてしかたがない。

「……いいのですか？」

「っ、さ、咲！」

萌ちゃんが制しようとするが、俺はやさしく頷いた。

「萌ちゃんも、呼んでくれるかな？」

「で、でも……」

「せっかく一緒に住んでいるんだし、もう家族も同然でしょ？　だったら、おにいちゃんって呼ばれたいな」

どうかなと聞くと、萌ちゃんも小さくだが、確実に頷いた。

「よし、それじゃ萌ちゃんも咲ちゃんも、今度から俺のことは、『武人おにいちゃん』って呼んでくれ。いいね？」

「はい、武人おにい……ちゃん」

「分かりました、武人……お、おにいちゃん」

萌ちゃんも咲ちゃんも照れている。がんばって言おうとするが、照れてしまうのだ。

なんてかわいいのだろうか。

俺は二人の頭をゴシゴシと心ゆくまで撫(な)でた。そして新しく妹が二人できた。

「よし、おにいちゃんのタコヤキも食べていいぞ」

「「ありがとうございます」」

二人の純粋な笑顔をはじめて見た気がした。

「ただいま。あっ、二人とも来てたんだ……ん？　この匂いは」

姉が帰ってきた。そして姉の分のタコヤキを買い忘れた。

「へえ、萌ちゃんと咲ちゃんは、タケくんにタコヤキを買ってきてもらったんだ？　よかったね

〜、おいしかったんだ〜、へ〜、よかったね〜、ふ〜ん……」

型を貼り付けたような姉の笑顔をはじめて見た。

今度は絶対に、姉の分も忘れずに買ってこようと思った。

◆自己紹介狂想曲（一）　とある特区外生「家族の協力」

入学式を終えて家に帰ったのは、午後一時ちょうど。

「おかえり、お昼できてるわよ。それで入学式、どうだったの？」

玄関を上がり、キッチンへ行くと母親が食器の後片付けをしていた。

「ごめん、お母さん。それより緊急会議！　みんな集めて!!」

「どうしたの、やぶから棒に」

「みんなの力が必要なのよ！」

「そ、そう……分かったわ。みんな呼んでくる」

娘の勢いに押され、母親はゆっくりと頷いた。

少女の家は商売をやっているため、すぐに家族が集まってきた。

「どうしたんじゃ？　食後のお茶が冷めてしまうじゃろ」

祖母がよっこいしょと、居間の畳に正座する。

「おそーい、みんなご飯、食べちゃったよ」

「お姉ちゃん、お昼まだだよね」

高二と中二になる姉と妹はすでに帰宅していて、お昼まで済ませていた。

二人は近所の学校に通っているため、午前中に帰ることができたようだ。

「いま話すから……ちょっと待って、気持ちを落ち着かせるから」

話す前に少女は一度、深呼吸する。それを祖母、母、姉、妹の四人が黙って見つめる。

「……あのね。明日、学校で一年間の班が決まるんだけど、男子は二人、班は八つなの。六つの班が溢(あふ)れるんだけど、同じクラスになった男子は、わたしたち特区外生の中から、班員を選ぶって言ってくれたの！」

「特区外から？　すごいじゃない」

母は興奮している。

「でも、倍率高いんでしょ？」

姉は冷静だ。

「お姉ちゃん、選ばれる自信あるの？」

妹はもっと冷静だ。

「それでね。特区外生が自己紹介文を提出したら、それを読んで決めるって。だからお願い、みんなの力を貸してっ！」

少女の言いたいことはすぐに伝わったらしい。さすがは家族だ。

「自己紹介文を読んで決めるのか。わしらが、手分けして書けばいいんじゃな」

「お母さんは、そういうの得意よ」

「私だって妹のことはよく見てるから、いくらでも書けるわよ」

「わたしも手伝う！」

「ありがとう。どんなところを見てくれるか分からないから、いろんなことを書けるだけ書こうと思うの」

「どれ……いま一時ね。七時間くらいなら、ぶっ通しで書けるかしら」

「手分けして、孫のよいところを列挙すればよいのじゃな」

「なにが琴線に触れるか分からないのだから、いろいろ書いておいた方がよさそうね」

「筆跡が違うとアレだから、私がパソコンにまとめるよ。プリントアウトすればいいよね」

「そうと決まれば、お店は閉めてくるわ」

「お母さん、ありがとう」

「いいのよ。それより、わが家の団結力をみせてあげましょう」

「腕が鳴るわ」

「わしもまだまだ捨てたもんじゃないぞ」

「がんばるー！」

　こうして、まるで私小説と見紛(みまご)うばかりのものができあがった。

◆自己紹介狂想曲（二）　とある特区内生「全力投球」

「特区外生のみとは言っていましたけど、それは方便の可能性があります。もしくは明日、考えを翻すかもしれません。お母様、ライターの手配はどうなっています？」

「問題ないわ。最高のゴーストライターを用意してもらっています」

「それでこそお母様です」

「プロの校正者も雇いましたので、問題ないでしょう。アナタは清書をがんばりなさい」

「はい。やる気のあるところを見せるには『手書き』ですね」

「そうです。しかしその男性は、自己紹介文でなにを見るか分かりますか」

「なにもおっしゃりませんでした。ですので、出しゃばったことは書かず、やる気のありそうなところを前面に押し出してみようと思います」

「それがいいでしょう。中学のときは、不甲斐ない男子ばかりでしたが、その子はずいぶんと骨のあること言うものですね。ですが特区で生きていくには、たしかな基盤を持った家の庇護下に入るのは普通」

「はい、お母様。彼は、浅はかな考えで述べたのではない気がします。あえて特区外生に目を向けさせて、自身の価値を確認しているのかもしれません」

「なんにせよ、その方はどの程度でした？」

「私としてはA……いえ、Aプラスを与えてもいいかと」

「さすがは伊月（いづき）ですね。ゴーストライターにはがんばってもらいましょう」

「はい」

こうしてプロの書いた自己紹介文が出来上がり、彼女はそれを持って登校した。

◆自己紹介狂想曲（三）　とある印刷屋の主人「断れるわけがない」

「社長、そんな急に印刷が入っただなんて……もう夜ですよ」

「いいから、手を動かしな」

「いくらウチが弱小印刷屋だからって、夜に搬入してきて、朝までに豪華装丁の冊子にしてくれなんて……しかもたった一冊なんでしょ？　そんな依頼、断ればいいのに」

「ガタガタ言うな……断れなかったんだよ」

「社長が？　いつも気に入らない客を怒鳴りちらす社長が？」

「二回も社長って言わなくていいよ。けどな、親子そろって地に額がつくほど頭を下げられちゃ、断るなんてできやしねーって」

「なんですか、それ」

「断ったって、きっとずっとそのままだったぞ、ありゃ。……まあ一世一代の晴れ舞台なのかもしれねえ。そんなときは野暮なこと言わずに、黙って引き受けるものよ」

「そんなもんですかねえ。……で、なにを印刷するんです？」

「自己紹介文だ」

「へっ？」

「来たのは親子だった。あれは娘のだな、自己紹介が書かれていた」

「ちょっとなに言ってるか、分からないんですけど？」

「アタシだって知らねえよ。けど、人生をかけてでも悔いのないものなんだろ。いいから手を動かせ。最高の一冊を作ってやるんだ。いいな、骨を惜しむなよ」

「分かりました。朝まででですよね。最高の一冊に仕上げますってば」

こうして夜は更けていく。

◆自己紹介狂想曲（四）　菊家 友美「私には夢があります」

「あら、もう勉強してるの？」

「母さん……起きたの？」

「もう少ししたら、夜シフトだから。ねえ、入学式の日くらい、勉強は休んでもいいのよ」

「これは勉強じゃないから……それより母さん」

「なに？」

「産んでくれてありがとう」

「なに、あらたまって。こっちこそ、産まれてきてくれてありがとう。他のお家と違って、全然手をかけられなかったけど、まっすぐ育ってくれて嬉しい。自慢の娘だわ」

「母さんには感謝してるの。いつもがんばってくれて」

「そんなこと全然ないわよ。セールスの仕事のときは身体壊しちゃったし、次に働いたレストランは経営不振で解雇されちゃったもの……でもいまの職場は、とてもいいところよ。工場長も朝と夜のシフト入れてもいいって言ってくれたし」

「二十四時間稼働の工場だものね」

「そのおかげで、あなたを伊月高校に通わせられるんだもの。こんな賃貸アパートに住んでいる娘が、特区内の共学校に通えるなんて、夢のようだわ」

「そうね……夢みたいよね」

「だからあなたは、家のことを気にせず、学生生活を十分に満喫しなさい。高校の三年間はあなたが思っているよりも短いの。本当に一瞬。儚く消えていく煌星と思いなさい。これは先達からの忠告よ」

「はい、分かりました」

「よろしい！　じゃ、私はシフトに行くから、早く寝るのよ」

「うん。母さんも身体に気をつけてね」

「大丈夫よ、まだ若いんだから」

母を送り出したあと、彼女は書き上がったばかりの自己紹介文を眺める。

「…………」

一瞬、眉根を寄せたあと、おもむろに最初の数行を横線で消した。

そして新しいレポート用紙を取り出して書き始めた。


――私には夢があります。それは母に楽をさせるという夢です。

彼女の自己紹介文は、そう始まっていた。

◆特区外で働く女性　梅田 由紀「親友との飲み」

「きゃっ……」

遊歩道で出会い頭にぶつかり、梅田由紀は衝撃ではね飛ばされた。

不意だったため、盛大に尻餅をついた。

「すみません、大丈夫でした？」

「えっ!?」

「痛たたた」と顔をしかめていると、男性らしき声が降ってきたのである。

ここは東京特区。ゆえに、出会い頭に男性と衝突する可能性はある。

だがそんな偶然、あるはずが……。

「あった……」

「はい？　それより急にぶつかって、すみませんでした」

男性は手を差し伸べてくる。反射的に触ってから、我に返った。

（あっ、もしかしてこれ、特区退去案件になるやつじゃ……）

慌てて周囲を見回すが、目尻を吊り上げた女性の姿はない。

だとするとこの男性は一人でここにいることになる。それでも状況は変わらない。

男性にぶつかり、あまつさえ触れた。しかも余人の目がないところでだ。

これはもう言い逃れができない。ああ、短い青春。二十五歳の誕生日を目前に控えて、特区に入れなくなるなんて。由紀がそんな風に思っていると、握った手がぐいっと引っ張られた。

「あれっ？」

由紀は軽々と引き起こされ、男性の腕の中に収まった。抱きしめられた形だ。

「あわわわっ……」

状況はすぐに理解できたが、「これはアカン、絶対にアカンでぇ！」と、頭の中でだれかが叫んでいる。だれだ？

「うわぁ、役得。それに柔らかい……って、そんなこと言っちゃいけませんね。ここ、分かりづらいけど、遊歩道の合流地点だったんです。俺が速度落とせばよかったですね。怪我はないですか？」

「怪我？　ううん、ぜんぜんないけど……」

普段はバリバリと働く由紀だが、なぜかこのとき、ミドルティーン時代の可憐な声がでた。無意識だ。

上目遣いに見ると、大人になりかけの超イケメンの顔がそこにあった。彼は由紀をまっすぐに見つめて、爽やかな笑顔を浮かべた。

これがマンガなら、由紀の両目はハートになっている。

年甲斐もなく、年下の高校生にときめいてしまった。

「怪我がなくてよかった。……俺、ランニングの途中だったんで、行ってもいいですか？」

「は、はいぃ！」

「それじゃ、また会えるといいですね、美人さん」

いつもここで走ってますからと、少年は爽やかな笑顔のまま、走り去ってしまった。

由紀は両手を胸の前で組んだまま、恋する乙女のようにいつまでも見送った。

「……という妄想を見たのよ」

「末期じゃないの、それ」

「末期かぁ……まあ仕方ないけどね」

シシシと由紀は笑う。だがその笑顔には余裕があった。実は先ほどの話、実話だったりする。

しかもつい先ほどの出来事。由紀が、飲み友達でもある一瀬早苗（いちのせさなえ）と待ち合わせの場所へ向かう途中、遊歩道をブラブラしていたら出くわしたのだ。

本来ならば、治安維持局（ちあんいじきょく）に突き出されてもおかしくない案件。男性は嫌な顔ひとつ見せず、あろうことか由紀を気遣う態度までみせてくれた。テレビのドッキリだって、これほど非現実的なシチュエーションは用意しないだろう。

あれは特区に来て浮かれた自分の妄想なのかもと、本人がいまだ信じられないでいる。

「それでね、由紀ちゃん。聞いてよ～」

ビールは一杯目が空になり、二杯目が半分ほど消費されている。

「ハイハイ、久しぶりの飲みなんだし、ビールがヌルくならないうちにね」

「そんなこと言わないでさあ……愚痴を言えるの、由紀ちゃんだけなんだよ～」

由紀に甘えてくる早苗だが、彼女とは大学の同期で由紀と同い年。れっきとした二十四歳の才女である。なにしろ、特区外の会社にしか就職できなかった由紀とは違い、特区にある共学高校の教師をしているのだ。そんなうらやまけしからん環境にいるのだ。

世の女性は、彼女の頭を二、三発殴ってもいいと思う。

「しかしアンタ……その舌っ足らずで、よくあの宣誓（せんせい）ができたね」

「そこはほら、気合いと根性と運と偶然でなんとかしたから」

「その中に実力が入ってないじゃないの。しかも中身はぜんぶ精神論と偶然じゃない」

共学校の教師の資格を得るには、試験官の前で男性に関わる数十の規則を暗唱できなければならない。手のひらを試験官に向けてから暗唱を始めることから、一般には宣誓と呼ばれている。

なんにせよ、目の前でくだを巻いている姿から想像できないが、だれもが羨む「共学校の教師」という肩書きは本物だ。

「それでね、由紀ちゃん。今年から担任を受け持つことになったんだけど……って、これは前に言ったよね」

「ええ、それは聞いたわね。だから春休み中は、一度も会えなかったじゃない」

学校での準備が忙しく、早苗は由紀の誘いをことごとく断っていた。

寂しいとは思うものの、共学校で初担任をするのだ。

どれだけ準備しても、しすぎということはない。それゆえ今日は、久々の飲みなのである。

「それでね、規則で名前は出せないのだけど、私のクラスにいる男の子なんだけどね」

「どうしたの？　惚れちゃった？」

由紀の軽口に、早苗は首を小刻みに振った。その様子が尋常ではないので、由紀も首を傾げる。

「その子……入学式の日に、やらかしたの」

不穏な言葉が聞こえた。

「まさか不登校？　教え子がもう、不登校になったの？」

担任にとって、それは失点である。由紀は、早苗が忙しい合間を縫って由紀を呼びだした理由を想像した。まさか早苗は、担任就任早々、教師失格の烙印を押されたのだろうか。

由紀の心配をよそに、早苗はゆっくりと首を横に振った。どうやら違うらしい。

では、その男子はなにをやらかしたのだろう。

「入学式が終わって講堂から教室に戻る途中で、女子とぶつかったのよ」

男子が女子とぶつかった……どこかで聞いたような、いや、ついさっき経験したような話だと思いつつ、由紀は先を促した。おそらくだが、その男子生徒が騒ぎだし、入学したばかりの女子が停学か退学にでもなったのだろう。悲しい話だが、それは特区に住むリスクというやつだ。

由紀だって一歩間違えば、今日、人生を棒に振るところだったのだから。

「別の教師がそれを見咎めてね、女子生徒に詰め寄ったの。だけどその男の子、教師から女子生徒を庇ったのよ」

「へえ、珍しいわね。女子なんて、世の中に掃いて捨てるほどいるのに、わざわざ庇うなんて」

「その教師というのがベテランで、私も頭が上がらないんだけど、男の子とその場で言い合いになって、双方が譲らないから……」

そこで早苗は、グビグビと残りのビールをあおった。

「双方が譲らないから……どうしたの？　早くその先を言いなさいよ。あっ、ビールおかわり。二人分お願いします」

追加のビールを注文し、由紀は先を促した。

「その男の子……周囲の女子の胸を揉んだの」

「…………………はいっ!?」

「周囲の女子の胸をも……」

「聞こえてるからっ！　聞き返したのは別の意味だから！」

酔っているとはいえ、特区の居酒屋で、この女はなんてことを言うのか。男性絡みの怪しい話や、男性への犯罪計画なんて話していたら、すぐに通報される。

「その生徒とのやりとりが職員室で話題になって、理事の耳にも入っちゃってね。校長先生が慌てて職員会議を開いて、昨日は遅くまで会議だったの」

「それはまた、ずいぶんと大事(おおごと)になったわね」

「そうなのよ！　大勢の生徒が見ていたから、その男の子は入学したばかりの女子生徒を守ったのだろう。逆に教師はそれを強要するほど追い詰めたんじゃないかって……そのベテランの教師は反省することしきりで」

「女子生徒を守るため、大勢が見守る中で胸を揉む男子生徒かぁ……なかなかできることではないわね」

「生徒への聞き取り調査は終了したので、事実関係は確定したのだけど、私は思うの……」

「なに？」

「その男の子、売り言葉に買い言葉で揉んだだけで、深く考えてなかったんじゃないかな」

「いや、そんなはずないでしょ。その男の子？　相当な決意が必要だったと思うわよ。それこそ、ビルの屋上から飛び降りるような勇気が……」

胸を揉んでまで見ず知らずの女性を守ったのだ。なんてできた男子だろうか。

それなのに、早苗はなにが不満なのだろう。

「ねえ、もし……もしもだよ。もしその男の子が、嫌がってなかったら？」

「深い意味はなく胸を揉んで、それを嫌がってないって？　アナタ、準備のしすぎで、頭おかしくなったんじゃないの？　それともビール二杯で、もう酔った？」

人前で女子の胸を揉んで嫌がってないなんて、テレビのドッキリでももう少し、マシなシナリオ用意するわよ……あれ？　なんかデジャブが。

「私、不安なの。はじめて担任持てて喜んだし、ようしがんばろうって思ったんだけど、その男の子を見ていると、大学で習ったこと、いままで準備したことが通用しないんじゃないかって……」

重症だ。勉強のできる才女が、準備や勉強が通用しないなんて言い出すとは。

この子、こんなに脆（もろ）かったっけ？

「まあ飲め、さあ飲め、どんと飲め。飲んで忘れよう。私も今日はとことん飲むぞ。あっ、今日は泊めてね」

やってきた三杯目のビールで、あらためて乾杯する。

その日、二人は足どりがあやしくなるまで痛飲し、予想通り、居酒屋で話した内容をすっかり忘れていた。

第四章　噴水公園へ

授業中、俺の前に座る遠野彩乃さんの様子が少しおかしい。身体が小刻みに揺れたかと思うと、足でステップを踏みだす。椅子に座ったままでだ。流行の音楽を「脳内」で再生しているのだ。いつか教師に注意されると思うのだが、本人はいたってノリノリだ。

「ちょっと遠野さん、集中できないんだけど」

休み時間、菊家さんが苦言を呈した。まあ、言いたいことは分かる。

「ごめん、気になった？　早く曲を覚えたくて、一晩中聞いていたら、頭の奥でリフレインされてんだよね」

「そりゃ気になるわよ。入学早々、気が触れたのかと思って、お見舞いには何色の花を持っていこうか、考えていたくらいだもの」

なかなかに辛辣だ。菊家さんの場合、本気で言っているのが分かるだけに、よけいそう思う。

まあ、授業中ずっとクネクネしていた遠野さんに非があるだろうが。

「周りに迷惑かけてないと思ってたんだけどさあ」

タハハと遠野さんは頭をかく。

「ただでさえ男子のいる班は注目されるんだし、気をつけてね」

「そうだったな。……まあ、気をつけるわ」

「班員の役割、忘れないでね」

菊家さんはチラッと俺の方を見た。班決めが終わったあと俺は帰ったが、彼女たちは担任のところへ行った。おそらくそこで、特別なレクチャーを受けたんだと思う。

他の女子をガードするためにフォーメーションを組んだり、呼びだしがあったときに代わりに向かったりと、すべきことを事細かく理解してはじめて及第点。

特区外の彼女たちは、覚えるだけでも、相当大変だったに違いない。

「菊家さん、俺のことは気にしなくていいよ。それより遠野さんは、音楽も好きなのかな？」

話しかけられたのが意外だったのか、少しビクッとしてから、周囲を憚(はばか)る声で答えた。

「音楽は大好きだよ。いまあたしがハマってる曲、まだ特区の中には入ってないと思うけど、絶対流行(はや)ると思うんだ」

「……？」

俺が首を傾(かし)げていると、遠野さんは説明してくれた。

なんでも、特区内で流行ったものが特区外へ出ていくのが普通らしい。それはなんとなく分かる。流行はもっともホットなところから発生して、外へ伝播(でんぱ)していく。

逆に、特区外で流行ることがある。それが特区内で流行ると、お墨付きを得たといわれるそうだ。するともう一度、特区外へ逆輸入されるらしい。

「いくら特区外で流行っても、中で受け入れられなければ主流にはなれないっていうのかな。田舎だけでしか流行らなかったら、徒花として扱われるんだよ」

特区内で流行ったら正義か。

「特区内で流行らないと、いいものだと認められないのはキツイな」

「あたしもそう思うけどさ……あたしだって将来、なにかのインフルエンサーになりたいんだ。そのために面倒な手続きをしてでも、ずっと特区に通い詰めたんだし」

「そういえば観光で特区に入るには、かなり面倒な手続きが必要なんだよね」

「いまは学生証ひとつで中に入れるからいいけど、中学んときは、申請書類をいちいち提出してたんだよ。身分証のコピーも貼り付けて……あれがなくなっただけで、どれだけ楽になったか」

遠野さんがこの学校に受かったのも、「一念岩をも通す」というやつだろう。

「インフルエンサーになるっていうと、ファッション関係？」

「それが一番かな。デザイナー志望だけど、最近は服も3Dで立体成型するんだ。あたし、そういうの弱くてさ……」

昔は型紙を描いていたらしいが、いまは3Dのマネキンに服を着せると、ボタンひとつで型紙が出来上がるらしい。こういった機械化が進んでいるのが、この世界の特徴だ。

「そうなんだ……あれ？　でも特区内にそんな流行の最先端の店ってあったっけ？」

山と緑しか記憶にない。

「最先端というとあそこでしょうけど、男性はあまり行かないかもしれませんね」

「菊家さんも知っているの？」

「ええ、中央駅周辺がそうですね」

「中央駅っていうと……ああ、母さんや姉さんがたまに買い物に行っているかも」

中央駅は女性のための繁華街という認識がある。女性が多く、治安の面で不安があるので、小学生のときは「行ってはいけない場所」と言われていた。

特区の路線図は、もとの世界の山手線と中央線のような感じだ。「進入禁止」のマークに似ている。中央駅は、横棒の中央部にある。

「特区に店が出せるのは、その業界でトップとされる企業が運営していたりします。必然、流行の最先端をいくのでしょうね」

それはすごい話だ。数ある服飾店の中でも、有名所しか店が出せない。

それだけ厳選されているのだろう。

「あそこは上品な店から、やや下品な店まで、なんでも一流店が揃ってるんだぜ。あたしは大好きだよ」

「特区外の人なら、あそこで買い物するのは憧れですものね」

「買い物袋も店ごとに特注だったりするから、普段でも使いまわせるしな」

遠野さんと菊家さんは正反対な見た目をしているわりに、意見が合っている。

「面白そうだね。だったら、俺も一度行ってみたいな」

俺がそう言うと、遠野さんと菊家さんがギョッとした。

「宗谷くん……特区外から来る観光客はたいていあそこを目指すもので……ひ、一人は危険かも」

「あたしもそう思う。歩いてる若い男って、ほぼいないし」

「そうなの？」

そういえば母も姉も、俺を誘ってあそこに出かけたことはない。女性専用っていうなら、もとの世界の感覚だと、歌舞伎町（かぶきちょう）へ女性が観光に向かうみたいなものか？

「中央駅へ私たちが勧めたってことになると……」

「やばいかも？」

なんだか、ひどく恐れている。電車ですぐのところに行くのに、やばいもなにもないと思うが。

「だったら、一緒に行ってくれる？」

「「ええっ!?」」

「そうだ！　次の休み……は、予定が入っているから、その次の休みなんかどう？　菊家さんは空いている？」

「え、ええ……」

「遠野さんは？」

「大丈夫だけど……」

「じゃ、キマリだね。二人と出かけられるのか。楽しみだなあ」

うん、楽しみだ。上機嫌な俺をよそに、菊家さんと遠野さんは、目線で会話し合っていた。

今日は休日。中学時代の班員と噴水公園へ行く日だ。

中学最後の一年間、俺は時岡真琴（ときおかまこと）、佐々木裕子（ささきゆうこ）、江藤（えとう）リエに守られながら学校生活を送った。

今日のデートに備えて、さまざまな記憶をさらった。

前から気づいていたが、彼女たちはいつも自分のことより俺を優先してくれていた。

しかも慎重に、俺に負担をかけさせないよう、ときに優しく、ときに隠れてだ。

「なんで気づかないのかなぁ」

もとの身体の持ち主は、どうやら俺以上に鈍感だったらしい。

彼女たちの配慮に気づいたそぶりがまったくない。「なんか、楽になったな」くらいにしか思っていないのだ。それはさすがにダメだろう。俺の身体を使って登山家になったらしいが、その鈍感さでどのような人生を歩んだのか、逆に興味が出てきた。

「あと俺、中一と中二のとき、班長に売られてるわ……気づけよ」

中一のときは途中から、中二になると最初から、不自然に他校の女子を紹介されている。

これ、金品でも貰（もら）っているんじゃないか？　出会い方が露骨すぎる。

「下校途中に偶然、他校の女子と何度も出会うわけないじゃん……」

多くの女子に囲まれて、次々と自己紹介を受けている記憶が残っている。さすがに途中から、ずっと一人で帰るようにしたようだが、その二年間で女性不信が培（つちか）われたと言っていい。真琴たち、よくそんな状態の俺と同じ班になって、投げ出さなかったな。天使か。

彼女たちは、根気よく俺の心をほぐしてくれて、静かに見守ってくれていた。

不信感の塊だった心の氷が溶けて、中学最後の一年間を楽しんでいたのも束の間、共学校への進学が決まったわけだ。それでまた、一、二年の頃の悪夢を思い出したと。

まあ、別の世界に逃げたくなるのも分かる……のかな？　そういう軟弱な精神は、身体を鍛えることによっていくらかマシになるのだが、この世界の男子は過度な努力をしなくても社会がなんとかしてくれる。男性に対するセーフティネットが張り巡らされているせいで、努力して自分を限界まで高めようという意思が感じられない。

常に逃げ場が用意されていると、人間って楽な方に流されてしまうんだな。

俺は中学時代、部屋のどこを向いても『根性』と書いた紙が見えるようにしていたし、挫けそうになったら、中〇みゆきの『ファ〇ト！』を口ずさみながら、歯を食いしばって、一歩一歩進んでいったものだ。そういうハングリー精神を持たない男性と、逃げ場が用意されてきた男性と、それを許容する女性。

俺も気をつけないと、いつのまにか楽な方へ流されるかも……本当に気をつけないと。

歩いて噴水公園に向かった。集合時間には、まだ余裕がある。

休日を女性と一緒に過ごすなんて、はじめての経験だ。

かなり緊張しているが、それは相手も同じだと考えると、気が楽になる。

実は今日まで、三人と、あまり連絡を取らないようにしていた。向こうも遠慮してなのか、それとも忙しいのか、頻繁に様子を聞いてくることはなかった。

昨日、通販で購入した私服が数着届いた。単純に服の趣味が合わなかったのだ。というか、タンスの中はひどいものだった。チェック柄のシャツを色違いで持っているだけだった。どれだけ服に興味がなかったのか。

今日は無地のTシャツに春物のジャケット、洗いざらしのジーンズという姿だ。俺の好きなスタイルだが、この身体だと貧相に見えるから不思議だ。もう少し筋肉がほしいと切実に思う。

噴水公園の入り口に、女性が三人佇(たたず)んでいた。記憶通りの人物たち。

今日の待ち合わせの相手だ。一番背の低い女子が俺を見つけ、手を振りながら駆けだしてきた。

彼女は江藤リエ。大きな水泳の大会で優勝したこともあるスポーツ少女だ。

残り二人……真琴と裕子も俺に気づき、リエに戻ってこいと叫んでいる。

とりあえず俺も、早足で彼女たちのもとへ向かう。

「おはよう。待たせちゃったかな」

「ううん。私たちが早く来ただけだから」

如才(じょさい)ない受け答えをするのは真琴。

「そうよ。示し合わせたわけでもないのに、みんな待ちきれないんだから」

「でも来たのは裕子が一番だったよ」

「わ、私はほらっ……家が遠いから、途中でアクシデントがあってはいけないし。それに待っている時間、好きだから……」

裕子が慌てて言い訳をしながら、リエを睨(にら)んでいる。

「待たせちゃったみたいだし、中に入ろうか」

「うん……あっ、武人くん、これ、中のチケット」

噴水公園は無料だが、植物園の温室とイベント会場だけは有料になっている。

そしてこの世界、男性と女性が一緒に出かけるときは、女性が費用を持つのが一般的だ。

もとの世界の逆を考えれば分かりやすい。男性に気軽に外に出てきてほしいがゆえの慣習だろう。

「ありがとう」

俺は喜んで受け取ったし、彼女たちはそれを見て、嬉しそうに微笑む。

「それじゃ、行こうか」

俺はいま、美人を三人も連れている。「どうだ羨ましいだろう」と、優越感に浸って周囲に目をやると、別の意味で羨ましがられた。近くにいた多くの女性たちが、真琴と裕子とリエを大層羨ましそうに見ていたのだ。そういえば、ここはそういう世界だった。

今日のメンバーとは、中三でずっと一緒だったわけだが、こうやって出かけるのははじめてだ。

学校で必要なものを買ってきてもらったことはある。ノートや文房具など、個人の趣味があまり関係しないものは、どの男子も似たような感じだった。

消しゴムが小さくなったり、ノートが終わりそうになったりすると、女子のだれかがちょうど買いに行くところだと言ってくれる。ついでに買ってきてもらうのだ。

「そういえばさ、なぜか班で文房具とか統一してたよな。あれ、なんでだ？」

俺の班だけでなく、どの班でもそういう傾向があった。

班ごとに文房具のブームが違っていた。マイブームならぬ班ブームだ。

「ぐ、偶然、だよね」

「は、班が同じだと……傾向が、に、似るのかも」

「そ、そうだね……あはは」

三人がうろたえている。もしかしてあの班ブーム、同じものを使いたかったから？

「……そういえば、今日のイベントって、なんだった？」

噴水公園特設会場では、定期的に催し物をしている。

「いまは世界のネコ大博覧会みたい」

「へえ、ネコか。シャムとかアメショーみたいな？」

「もう少し大きいくくりらしくて……」

真琴が裕子に視線を送る。

「大型種を除いたネコ科の中から集めているみたい。詳細は載ってなかったわ」

「ネコで大型種って……ああ、ライオンとかトラのことか」

あんな獰猛な生き物が、家猫と同じように段ボールにすっぽり収まった写真を見たことがある。

たしか、イヌ科は集団で狩りをするため大型にはなりにくいが、ネコ科の場合、単独でも狩りをするから、大型化するとかなんとか。

「ヒョウやチーター、ジャガーなんかもそうらしいけど、さすがにここにいたら危険よね」

「そんなのがいたら危険だな。他にネコ科って、なにがいるんだろ？」

知識がないから、出てこない。

「ヤマネコとか？　ねえ裕子、他になにか思いつく？」

「オセロットなんかもそうね。……あっ、そうそう。ボブキャットの赤ちゃんが生まれたので、授乳の様子が見られるって書いてあったわ」

「へえ……ボブさん？」

アメリカ合衆国だと、ネコの名前でメジャーなのがトムらしい。ネコとネズミが追いかけっこするアニメのアレだ。合衆国のトムは、日本でいうタマとかミケと同じなのだろう。

ただし、人名にもトムさんがいて紛らわしい。ゆえにネコであることを強調するときは、トムキャットと呼ぶことが多い。とすればボブキャットは、もとの世界のトムキャットと同じ……なのかと思ったが、真琴や裕子の反応を見ると、違うらしい。

「そうじゃなくて、ボブキャットはアメリカで大繁殖してるでっかいネコだよ」

「ちょっ、リエ」

「そういうのは、いいのっ！」

慌てて真琴と裕子が止める。二人が慌てているのは、俺の言葉を否定するなと言いたいのだろうか。気分を害されたら困るとか、そんな感じかもしれない。

どうやらボブキャットは、実在する野生ネコっぽい。ヤマネコの一種？

「そうか、よく教えてくれたな。えらいぞ、リエ。楽しみだな、ネコ大博覧会」

「えへへ」

リエの頭をポンッと叩くと、リエは嬉しそうに目を細めた。

その姿が、イトコの萌ちゃんや咲ちゃんと重なって、なんかかわいいく見える。

「はう!?」

「ええっ？」

真琴と裕子が驚いている。いきなりの接触はやりすぎだろうか。だが、リエは同い年というより、年の離れた妹のように思えるから不思議だ。この中で、一人だけ背が小さいのもあるだろう。

リエだけは体育会系の雰囲気を持つ分、話しやすいのかもしれない。

道場の後輩にも同じようなタイプがいた。いかつい外見の俺にも、先輩、先輩と、普通に呼びかけてくれた。道場以外だと引っ込み思案らしく普通の友人が少なかったようだが、俺は好感が持てた。だからといって、俺とその後輩の間に、恋愛的ななにかがあったわけではない。

あとでちゃんと、お似合いの異性が現れたようである。

二人並んで道場から帰る姿を何度か眺めたものだ。ちくしょうめ！

「ボブキャットは普通のネコとあまり見分けがつかないみたいね。野良ネコかと思ったらボブキャットだったなんて話は、アメリカではよくあることみたい」

裕子が説明してくれた。やはりヤマネコの一種らしく、野や山を駆け回って獲物を狩るのだとか。

獲物を求めて川にも入ったりするらしい。ネコは水嫌いじゃないのかと言いたくなる。

リエが言ったように、アメリカで大繁殖しているようで、他の……とくに餌となる小動物の生態系が脅かされているのだとか。オーストラリアのカンガルーも増えすぎて、害獣扱いする人が増えたと、ニュースで見たことがある。国土が広いと大変だと思ったが、この世界でも同じようだ。

芝の上を歩いていると、周囲の女性たちがこちらをガン見してくる。

裕子と真琴が俺の左右に並び、無言で周囲を威圧する。

リエが後ろを守ってくれているが、ときおり「がるる」と聞こえる。お前が襲う側か？

「大丈夫……なにかあったら、私が対処するから」

真琴の声が聞こえた。

こうして公園を散策する経験が少ないため、気がつかなかったが、まさか歩いているだけで、こんなにも注目されるものなの？　少しおかしくない？

「ここに単独で来る女性は、家族連れの男性目当てなのよ。女性たちの年齢が高いでしょう？」

「言われてみれば……」

視界に入る女性は、三十代から上の人たちがほとんどだ。逆に、十代女性はほとんどいない。

「今日は休日。小さな子供を連れてくるには、噴水公園はいいスポットだし、そういう男性はわりと大らかだから、女性が近くにいてもあまり気にしないからね。特区外からウォッチングに来ているはずよ」

男性をウキウキにウォッチングしに来るわけか。

ちなみに独身男性狙いの女性は、もっと別の場所に行くらしい。

「子供の頃のイメージだと、もっと和やかな公園だったんだが」

まさか、そういう目的の女性が集まるスポットだとは思わなかった。

「休日に男性専用店に行ったりするよりよっぽどいいわよ」

「そうね。そういう店の近くに行くと……ね」

「ええ……」

「……？」

なんの話だ？

「喫茶店の男性専用席を囲む会だよね！」

「もう、リエったら」

ペシッという音が聞こえた。どうやら特区には、男性専用席や男性専用コーナーを設置している店があるらしい。ここからは男性専用ですので、女性の方はご遠慮くださいということだ。

喫茶店やレストランには、そういう男性席が確保されている場合があり、満席でも男性とその連れだけは座れる。当然、そこで食事する男性を見ようと、事前に見やすい席に陣取って待ち構えているという。それを目的とした会が特区外で結成され、極秘情報が飛び交っているのだとか。

「特区外の女性は、男性を目にするだけで癒やされるみたいだし……わ、私たちは行ったことないわよ」

「偶然、入っちゃったことはあるけどね」

「リエッ！」

真琴がリエの頭をポカリと叩いた。いまのはグーだったんだが。

真琴は真っ赤になっているし、裕子は明らかにあさっての方角を向いている。

偶然入ったのなら仕方ないな。うん、偶然なら仕方ない……んだよな？

芝生を抜けた先に、色とりどりの花の園が見えた。近寄ってみると……。

「……チューリップ畑？」

あたり一面にチューリップが咲き誇っていた。

「ここは『チューリップまつり』の会場ね。来月までやっているわ」

「へえ……チューリップなんて、久しぶりに見たかも」

小学生の頃、花壇にチューリップの球根を植えて、観察日記をつけていた。

開花時期は、たしかに今頃だった気がする。

「ここには二万本のチューリップがあるみたい」

「二万本か。だれが数えたんだろうな。……ん？　赤と黄色はよく見るけど、黒いのもあるぞ」

「ほんとうね。黒いチューリップなんて珍しい」

「チューリップの基本色は九種類だったかしら。存在しない色は青ね」

「さすが裕子」

「存在しない青ってのは、聞いたことがある。たしか青バラも存在しないんだよな」

「ええ、バラもそうね。色素の中に青がないので、自然界には存在しないんですって」

「とすると、チューリップも同じ理由かな」

「おそらくそうだと思うわ」

やはり裕子は博識だ。チューリップ畑の中を歩いていると、どこか別の世界に来たように感じる。いやこの前、別の世界から来たんだけど。

「あっちはなんだ？　まだ花が咲いてないけど」

「ええっと……菖蒲があるみたい。開花はこのあとね。六月頃からですって」

「なるほど、そうやって次の花の準備をしているのか」

春の花はここで、夏の花は向こうと、飽きさせない工夫だろう。

「ん？　あっちに人だかりが……揉め事かな？」

二十人ほどの女性たちが、二手に分かれて睨み合っている。こんな花畑の中で敵意満々とは無粋だが、真ん中にいるのは男性。これってもしかして……。

「もがっ！」

真琴がリエの口を塞いだ。裕子に視線を移すと、「チューリップってキレイね」と目を合わそうとしない。

「なあ、裕子。あれ、なにやってんの？」

名指しで質問したら、一瞬だけウッと詰まったあとで、説明してくれた。

「男性は二十代半ばに見えるし、今日ここでデートすることになったんだと思う。女性たちには潜在的に派閥があって、男性はそれに気づかなかったか、あえて一回で済まそうとしたのか分からないけど……」

「対立が表面化して、一触即発？」

裕子が頷いた。この世界、男女のデートは『一対多』が普通だ。複数人の女性を誘うのはまったく問題ない。あの男性は、誘ったメンバーに問題があったのだろう。

いや、二十代半ばというのがヒントなのかもしれない。

「あそこまで大きくなる前に、どこかに庇護してもらえばよかっ……ぐぇぇぇ」

鶏が絞められたような声が聞こえた。あえて、そちらには目を向けないでおく。

権力かコネを持った女性に仕切らせていれば、ああなることはなかったのだろう。

本当に好きになった相手を数人、そばにおく許可さえもらって目を瞑っていれば、男性は幸せに生きられるのだから。

あの男性は庇護もなく、問題すら先送りにしていた。

そして今日、決定的な瞬間を迎えたのかもしれない。

「ね、ねえ……あそこで休んでいかない？」

真琴が指したのは、チューリップ畑の中にある東屋だった。

一見すると、花の海に浮かぶ、小さな船のようにも見える。

「そうだな。行ってみようか」

先客がいたが、俺たちが行くと中にいた女性は、その場を譲ってくれた。もちろん俺は笑顔で礼を言った。それだけで相手はよい気分で去っていくのだから、男って便利だ。

「この公園ってさ、なかなか手間と金をかけてるよな」

「そう？　特区の公園って、どこもこんな感じだと思うけど」

「そうなんだ……」

どこから維持費が捻出されているのだろう。特区外から？　もちろん、特区外の人たちだって、申請書さえ書けば、ここに来られる。だが、富の集中に怒りだす女性はいないのだろうか。

「それにしてもチューリップはキレイね」

「チューリップに囲まれた中で休憩なんて、はじめてだな。これって、毎年やってるのか？」

「ここ数年はやっていたと思う。来年やるか分からないけど、行政に聞いておこうか？」

「いや、そういうのは来年になって考えればいいから」

そこまでする必要はない。来年やっていたら、また来ればいいのだ。

「あら、若い男の人。私たちもお邪魔してよろしいかしら」

女性の二人連れが現れた。二十代後半か、三十代前半くらいだろう。

なんとなくだが、分かってしまった。特区外から来た人たちだ。

ビシッとしたスーツに大きな鞄。少なくとも近所住まいではない。

「申し訳ありませんが、ここは狭いので、遠慮してもらえますか。私たちもいま来たばかりですので」

「でもほらっ、端っことか空いてるでしょ。私たちは静かにしてるから」

「そうよ。オバさんたちにだって少しくらい、目の保養させてくれたっていいわよね」

強引に東屋の中へ入ってきた。たしかに詰めて座れば、二人が座るスペースはできる。

だが真琴は、強引に入ってくる二人に対して毅然とした態度を失わなかった。

「この東屋から、出て行ってください。いまので、意思表示は終了です。次は緊急アプリを立ち上げます」

真琴は、スマートフォンの画面を相手に見せた。

緊急アプリとは、特区内において男性になにかあった場合に使われるもので、俺のスマートフォンにも入っている。ボタンを押した直後から、位置情報だけでなく、会話もすべて、中央府の治安維持局に送られる。真琴は親指をスマートフォンの画面に近づけ……。

「い、いやね。ちょ、ちょっとした冗談よ」

「そうよ、冗談を真に受けちゃって……行きましょう」

二人はそそくさと東屋から出ていった。緊急アプリが起動されたあとで、男性に対して不当な接近が認められた場合、二度と特区に入ることができなくなる。

この場合、真琴が誤解のないよう、事前に拒絶の意思を伝えたため、間違いなくこちらの言い分が通る。女性二人は不利を悟って、撤退したわけだ。

「……まったく、こっちが未成年だからと思って、舐めてかかったみたいね」

「こっちはどれだけ準備と対策を練っているのかも知らないくせにね」

真琴と裕子が恐ろしいことを言っている。なんだろう、その準備と対策って。

聞かない方がいいのだろうけど、気になる。

「あの人たち、特区外から来たんでしょ。それもたぶん、何時間もかけてきたんじゃないかな」

リエの推察に頷けるものがあった。あの大きな鞄は、旅行のついでに……いや、特区に来るために、はるばる旅してきたのかもしれない。

もとの世界でも、アイドルのコンサートや、サッカーのアウェイ試合にファンが遠征に出かけることがあった。彼女たちの目的地が特区ということは十分にありえる。

「つまり、ここの常識を知らなかったってわけね。……はぁ」

裕子が呆(あき)れている。特区に来るなら、事前に情報くらい仕入れておけと言いたいようだ。

「ごめんね。大人の女性に近寄られて、嫌だったでしょう？　今度からもっと気をつけるね」

「真琴のせいじゃないよ。それに俺は大丈夫だから」

それより、よくぞ言い切ってくれたという気分だ。おそらく同年代の男子は、ああいった大人の女性に近寄られるのを嫌うのだろう。淳(あつし)なんか、絶対に嫌いそうだ。

「でも奉活(ほうかつ)に行くと、ああいう人たちを相手にしなきゃいけないんでしょ？」

「リエッ!!」

真琴と裕子がリエの頭を小突いた。ゴチンゴチンと痛そうな音が二度、響いた。

さて、本日三度目の失言をしたリエだが、ただいま絶賛、うずくまり中である。

よく見ると、裕子の握りこぶしの中指が出っぱっている。あれは、龍頭拳(りゅうとうけん)。まさか太極拳(たいきょくけん)の極意がこんなところで見られるとは。

リエは「ぐあああ」と、いまだ復活を果たせずにいるが、それも納得だ。

「ほんとリエは、いい加減にしてよね」

真琴はリエに一瞥(いっべつ)をくれると、俺に向き直った。

「あの……武人くん、あまり……気にしないで」

「ああ……分かってる」

心配する真琴には悪いが、実はまったく気にしていない……どころか、十六歳になってからはじまる奉活が楽しみで仕方がない。

先日、女神と話したときにも奉活のことが出てきた。共学校に通う男子は避けて通れないのだから、当然だろう。もちろん俺はすぐ、奉活について調べた。

奉活について、この身体の持ち主の知識は正しく、また間違ってもいた。十六歳になった男子には、奉活が義務づけられている。これは三時間を一回として、年間十回の活動を意味する。

ただし、男子高校生だけは特例で免除。十六歳になった共学校の男子生徒に奉活義務があるとされるが、法律はそう解釈していなかった。

高校を退学した場合、共学校、男子校の区別なく奉活をしなければならない。ニートになるのは許さないということだ。それと就職して社会人になるとやはり奉活は免除されるが、全員ではなかった。

許可を受けた場合のみ奉活免除が適用されている。自営業の場合、許可がおりない場合があるという。漫画家や文筆業など、女性と接する機会の少ない職に就いた男性は、だれかと婚姻を結ばない限り、いくつになっても奉活する必要があるらしい。

また、実際の奉活の様子も映像で確認できた。

この世界でも動画投稿サイトがあり、そこで企業がＰＲをかねて、投稿していたのだ。

撮影した映像の公開許可を得るのにいくら払ったのか、ちょっと気になったりする。

それはいいとして、次々と動画を視聴して気づいたが、奉活にはいくつかのパターンがあった。

これは奉活先が決まったあとで、打ち合わせをするのだろう。

多かったのが、幹部たちとの会合、全体への演説や激励、社員とのふれあいだ。これは会社にとって、さまざまなプラス効果があるのだろう。動画で幹部や社員の顔を見ればそれがよく分かる。待ちに待ったという様子が見て取れた。一方の男性の方の顔は引きつっていたりするのだが。

動画を見て分かったことは他にもある。この世界は、俺が想像していた以上に男性が求められている。ＣＤを買えば握手できるアイドルと会う以上の効果がありそうだ。三千円未満で会えるアイドルとは違い、ハリウッドの映画スターと対面できるとか、そんなレベルの気がする。

「最近、奉活に興味が出てきたかな」

「えっ？」

「自分で調べたり、動画を見たんだけどさ、いままで見えなかったものが見えてきたんだよ」

「ど、どういう……？」

「たとえば、奉活は国の政策だと思うと、反発も生まれてくるけど……そういえば、奉活に反対している人たちがいるよね」

真琴は頷いた。

奉活なんて必要ないと考える女性の団体がある。彼女らの言い分は「男性は保護されるべき存在であり、軽々しく訪問させるべきではない」というものだ。

考え方は、希少な野生動物の保護に近い。たしかに男性の数が少ないのは事実。

多くの女性と出会う機会をつくるか、保護し、管理することで平穏を与えるか、両者の主張の違いはそんなところだと思っている。だったら俺は、前者を取りたい。

「俺が女性と話すことで相手が幸せになれれば、俺も幸せになれる。それなら、奉活に行ってもいいかなって思いはじめたんだ。だからいまは、前向きな気持ちになっている」

奉活のように女性ばかりの中に入るのは、この世界の男性には高いハードルだろう。

だが俺は違う。モテなかった反動からか、女性に囲まれるのは大歓迎だ。

それに女性たちの気持ちに立って行動できる。

「その考え……とても偉いと思う。私のお母さんも似たようなこと言っていたわ。義務で奉活に来るんじゃなくて、進んでくるような人がいたら、女性も男性も幸せになれるんじゃないかって」

「そうだね。裕子のお母さんと同じ意見だ。俺は奉活を通して女性を幸せにしたいし、俺も幸せになりたい。もっともそれができるのは、十六歳の誕生日を迎えてからだけどね」

「五月二十日よね。そのときは……お祝いさせてもらって、いい？」

真琴がおずおずと聞いてきた。この世界では成人とは別に、法律上のさまざまな権利を得る十六歳を祝う人が多い。

「もちろんだよ。裕子もリエも……そうだな、またみんなで出かけようか」

「うん！」

復活したリエが真っ先に頷いた。

「それじゃ、武人くんの誕生日は気合いを入れるから、期待して待っててね」

裕子もやる気のようだ。なにをするつもりだろうか。

「……時間もそろそろだし、お昼にしない？」

「そうだな。実はかなり、楽しみだったんだ」

今日は三人とも大きめの鞄を持ってきている。

きっと中にお弁当が入っている。すごく楽しみだ。

「それじゃ、お昼にしましょう」

「テーブルを軽く掃除するわね」

事前に話し合っていたのか、三人が分担して準備を進めていく。

ウェットティッシュで軽くテーブルを拭き、その上にレジャーシートを広げた。

レジャーシートの上に、次々と半透明の容器が重ねられる。やけに多いなと思っていると、なぜか箸、ナイフ、フォーク、スプーンといったカトラリーが、俺の前に並べられた。

野外なのに？　そんな風に思っていると、皿に次々と料理が盛り付けられていく。

「あれ？　それは？」

「トングよ」

「そうじゃなくって……陶器のお皿？」

「その方が食べやすいと思って」

公園で食べるお弁当である。おにぎりを頬ばりながら、爪楊枝でおかずを……と考えていたのだが、俺の予想は大きく外れた。

レストランのコース料理もかくやというように、色とりどりの前菜が用意されていく。

目の前に広げられたそれはどれもカラフルで、目を楽しませるよう考えられている。

「さあ、どうぞ。召し上がって」

「あ、ああ……でも真琴たちは？」

「私たちは、余ったのを食べるから」

たしかに料理はまだたっぷりと残っている。

「じゃ、じゃあ、いただきます」

せっかく俺のために用意してくれたのだ。おいしくいただくことにする。最初に手に取った皿には、鮭（さけ）のマリネが載っていた。タマネギのスライスを鮭に乗せてから口に運ぶ。

「うまい。レモンが利いているのに、それほどすっぱくない」

「よかった。それは裕子が作ったのよ」

「お酢とレモンでなるべく酸味が少なくなるよう、配合をちょっとだけ苦労したかしら」

「すごくおいしいよ」

並べられた前菜は三種類。それぞれが一品ずつ用意したのだろう。

出来合いのものはひとつもない。三人とも早起きして作ったのだろうか。

次は生ハムのサラダだ。

俺の挙動をじっと見つめていることから、これは真琴が作ったのだと予想できる。

「おいしいよ」

真琴がホッと息をはいた。

「ボクのは、これだよ」

リエが指さしたのは、ベーコンとポテトのサラダ。サイコロベーコンに黒こしょうがよく合っていた。前菜でこれだ。レジャーシートの上には、未開封の容器がまだいっぱいある。

「冷えたもので悪いのだけど」

「いや、ぜんぜん構わないよ」

そもそもお弁当は冷えているものだ。次に並べられた料理は、めんつゆに浸した温泉卵、きんぴらゴボウ、それにハムエッグだった。

順に真琴、裕子、リエが持ってきたものだ。紙皿ではなく、ちゃんとした器を使っているところがすごい。外で食べている気がしない。自分で料理するときは炒め物ばかりだったから、これらと比べたら、月とすっぽん。本当に食べるのがもったいないくらいだ。

もちろん俺が食べている間、三人は次の料理の準備をする。

王侯貴族になったような気分だ。外でのお弁当って、こんな感じだったっけ？

メッセンジャーで煽ったからなのか、彼女たちは十分俺の要求に応えてくれた。

「メインはこれね」

魚の煮付け、ハンバーグ、牛ステーキと、肉系が並ぶ。

うん、ガッツリ系は食の基本だけど、この身体は小食らしく、全部食べきれるか分からない。

お弁当に定番の唐揚げや卵焼き、ウインナーがなかったが、あえて外したのだろう。

「ありがとう、ゆっくりいただくよ」

会話をしている余裕がない。というか、胃に余裕がない。

時間をかけずに、一気にかき込む。

「ふう、おいしかったよ」

「本当？　よかった。……待っててね、いまデザート用意するから」

「…………」

デザートは、リンゴと梨とマスカットだった。

温室栽培のフルーツが一年中、スーパーで売られているらしい。

しかしこのお弁当を作るのに、いったいどれほどの手間と時間、お金をかけたのだろうか。

お腹(なか)がいっぱいになり、しばらくぼーっとする。その間、三人は互いの弁当を食べながら、味の品評会をはじめた。こういうところはもとの世界と変わらない。

三人とも料理の腕前はそれなりにあった。「もしものときのために」と練習していたのかもしれない。あれだけあった料理も、四人で分担して食べたら、すべて空(から)になった。

三人とも「ちょっと多いかな？」という量を用意したらしく、しばらく全員が無口。

静かな時が東屋に流れた。みな、腹を無意識に押さえているのが、少しおかしかった。

「そういえばみんな、高校はどう？」

三人は同じ高校に進んだ。頭のいい裕子はもっと上の学校を狙えたし、リエはスポーツに強い高校があったにもかかわらず、三人で相談して、一宮(いちみや)高校という女子校を選んだ。

「みんな、クラスはバラバラになったんだよ。ボクは二組で、真琴は三組、裕子が五組なんだ」

「そうか、残念だったな」

「ううん。クラスが違う方が、情報を集められるから、いいんだって」

「情報？」

「足を掬(すく)われないようにね……痛いっ！」

テーブルの下で、真琴がリエのスネを蹴ったようだ。

「なんでもないのよ……」

あさっての方を向く真琴。俺が重ねて問うと、しぶしぶながら教えてくれた。

なんでも、高校生からは男性と接触できる機会が極端に少なくなるため、男性が出没しそうな場所の情報が、クラス内で飛び交うらしい。とくに、共学校に通う男子は見目麗しい者が多いと思われているため、有料で情報が取り引きされるという。

「休みの日にどこで見かけたとか、そんな情報が有料で？」

「写真付きだと説得力あるから、それなりの金額で売り買いされているみたい」

「…………」

三人はクラスに溶け込み、共学校男子の情報――とくに俺の名前が流れているか否か、ひそかに耳をそばだてているらしい。スパイ映画かな？

一番身近な学校のことを聞いたら、思ったよりヘビーな話が出てきた。

「安心して。まだ武人くんの情報は流れてないわ」

「そうだよ。いまはまだ二年生男子の話題が中心だよね」

「ええ、まだ知られてないとみていいわ」

「……まだって」

知られるのは、時間の問題ということだろうか。

たしかに共学校に通う男子の数は少ないので、すぐに特定されそうな気はするが。

「女子校のことはよく分からないから、なにかあったらよろしく頼むよ」

「ええ、任せておいて」

「ちゃんと処理しておくから」

「バレないようにするわ」

「穏便な方法で頼むな」

知りたくないエピソードが増えそうなので、この話はここまでにしておきたい。別の話題……そういえば、この噴水公園には植物園があったではないか。俺はチケットを取り出した。

「そろそろ、植物園に行くか?」

「そうね。行きましょう」

「腹ごなしにちょうどいいよね。痛っ」

「リエは下品なこと言わないの」

女性は男性を不快にさせる言動は慎むようにと、小さいときから教育されている。

ゆえにリエのような言動をする女子は、特区住まいの中にはほとんどいない。

今日はまあ、浮かれているのだろう。かわいいから許す。

「いや、構わないよ。ぜんぜん下品じゃないし。でも他の男性の前ではやめた方がいいかもな。それより、植物園の場所ってどっちだっけ？　たしか、大きな木に囲まれた中を歩いていったはずだけど」

記憶によると、植物園は噴水公園の奥まったところにあった。

「ここからだと、少し遠回りすることになるかしら」

「時間はあるし、ゆっくり行きましょう」

四人で雑談をしながら、公園内をねり歩く。真琴と裕子が俺の左右をかため、リエが後方に控えている。これが近寄ってくる女性を撃退するためのフォーメーションだ。

フラフラ引き寄せられる二十代後半から三十代前半の女性たちをひと睨みで追い返していく。こういうのを見ると、どれだけ練習を積んだのだろうかと考えてしまう。

武道はすべてにおいて、反復練習が基本だった。

武道ほど、素人と鍛錬を積んだ者の差が激しいスポーツはないと思う。

センスでなんとかなるほど、武道は甘いものではないのだ。その分、嫌になるほど同じことを繰り返しやらされる。考えるより先に身体が動いてはじめて一人前と呼ばれるのだ。

三人の動きを見ると、それに匹敵する熟練度だったりする。

このまま極めたら、彼女らは歴史に名を残すんじゃなかろうか。

しばらく歩くと、温室が見えてきた。

記憶にあるものより若干古びているのは、年月が経過したせいなのか。

「お昼どきだからかしら、空いているみたいね」

入り口から中が見えるが、たしかに人の姿はない。

「ちょうど良かったわね」

受付でチケットを渡して中に入る。温室の中だから、真夏の気温を想像していたが、体感だといまより数度高いくらい。その分、湿度があるらしく、入った瞬間、むわっとした。

「メガネが曇った」

裕子が慌てて、メガネを外す。レンズが真っ白になっていた。

「裕子は、コンタクトにしないから」

「だって、怖いんですもの」

「そういえば裕子は、鉛筆の先とかも怖がっていたな」

記憶では何度か、指先を向けられただけで、顔を背けていた。

「先端恐怖症の一種なのかしら」

「昔から尖ったものも駄目なのよ。目薬も差せないわ。目の中にレンズを入れるって考えるだけで、背筋がぞわっとなるし」

裕子が申し訳なさそうに告白する。

「そういう弱いところがある方が好感持てるかな。裕子はなんでも完璧にこなそうとするから」

自然と言葉が出た。自分でもびっくりだ。

裕子が目をぱちくりさせたあと、顔を真っ赤にさせた。

「いやだわ。ここ、暑いわね」

上気した頬を両手のひらでパタパタと扇いでいる。

「裕子が照れてる」

「そうね。でも放っておきましょうね」

背の高い植物がアーチを作り、その中の道を歩く。

「どれも葉っぱが大きいね」

「熱帯雨林の環境を再現しているみたいね。あっちから水音が聞こえるわ」

「……滝だ」

大自然の中のような迫力こそないが、それでも立派な滝が設置されていた。

「維持管理は大変だろうに」

つい、そんなことを思ってしまう。

「ここは実験施設も兼ねているみたいよ」

擬似的に再現した環境で、植物がどう育つのか研究しているらしい。

「なるほど、それでこんな食虫植物があるのか。それにこれはラフレシアの……模型？」

足下にあったので触ってみたら、コンクリートっぽい感触だった。

「実物は用意できなかったのかしら」

「きっと悪臭のせいね。服に臭いが移ったら、クレームが入るかもしれないし」

裕子が解説してくれた。世界最大の花弁を持つラフレシア。

動物の死骸に似た臭いを周囲に拡散させ、小バエなどを引き寄せるという。

「そういうことなら、模型でよかったな」

「そうね」

真琴も苦笑いしている。

「ねえ、次はこっちだって」

「こらっ、リエ。扉を開けっぱなしにしないの！」

「リエが待ちきれないようだし、先に進むか」

元気いっぱいのリエは、早く次の展示場へ行きたいらしい。

二つ目のエリアは、先ほどとうってかわって、乾燥地帯だった。

大小のサボテンが、スタジアムの観客席のように陳列されている。

「アフリカとかの気候を再現したのかな。温室がドーム状になっているんだけど……なぜ？」

「理由はあれじゃないかしら？」

温室の中央に、変な見た目の木がでんと鎮座していた。幹だけ太くて、葉があまりない。

「バオバブの木ね。あれはたしか……マダガスカルのバオバブだと思う」

「違いがあるの？」

「枝の形が少し違うのよ」

「へ〜……」

なぜ裕子はそんな知識を持っているのだろうか。少しだけ、裕子の謎が深まった。

三つ目のエリアは高山植物、四つ目のエリアは水生の植物が展示されていた。

俺たちは時間をかけて、すべてのエリアを巡った。

「うん、十分堪能できたな。思ったより、面白かった」

「入場料分の満足は得られたわね」

「そうだな」

「暑かったり、寒かったり、面白かったね〜」

「……そうだな」

リエの感想の方が面白い。

「じゃ、次は特設ステージに行きましょう」

「ネコの大博覧会だっけ？」

「ええ、期間限定のイベントだから、これを逃すとまた来年までないんじゃないかしら」

このイベントは、梅雨前には終わってしまうらしい。

たしかに梅雨や真夏にやるものではない。

「よし、じゃあ行くか」

俺たちは植物園をあとにした。

特設会場に向かうと、耳の長いネコの看板が出迎えてくれた。

「カラカルね。ペットとして飼われることもあるけど、中型犬から大型犬くらいかしら」

「ネコでそれは大きいわね」

もちろん、解説してくれるのは裕子だ。テレビのクイズ番組に出たらいいんじゃないかな。

「カラカルは、狩猟を得意とするハンターだから、美しい身体が特徴なのよ。看板に描かれているってことは、中にいるのかしら」

「きっとそうだろう。じゃ、入ろうか」

中に入ると、広めの檻に多種多様なネコが入れられていた。

俺たちの視線は、自然と裕子に集まる。

「手前にいるのはオセロットね。一般に飼育が難しいと言われているけど、有名だと思うけど」

「いや、いや、いや、分からないって」

どこかで覚えたとしても、すぐに忘れてしまう。

「となりの檻にいるのが、ベンガルヤマネコよ」

「あれがベンガルヤマネコ……なんか凛々しい顔立ちね」

「野生生物なんてみんなそうよ。やっぱりトラやヒョウ、ライオンはいないわね」

裕子は解説を加えながら、俺たちを先導していく。

「裕子はなにが一番好み？」

「この中だと、マヌルネコかしら。あのずんぐりむっくりした姿が愛らしいわ」

「な、なるほど……」

真琴が少しだけ引いている。もっとシャープなのとか、庇護欲をそそるものがいる中で、デブ猫の名をあげるとは思わなかったのだろう。

「なんか、モッフモフだね！」

リエの言う通り、マヌルネコはもふもふだ。

ぷよぷよと太っていて、とても野生で生きられるとは思えない。

「マヌルネコは高山地域に棲んでいるせいか、感染症に弱いのよ。免疫力が低いから、低地での飼育は大変だと聞いたわ」

「へえ、野生なのにね」

「他のネコは荒々しいのが多いせいか、妙に目を引くけど……ちなみにリエはなにがよかった？」

「ボクは、ウンピョウかな。なんかカッコイイって思った」

「あれはたしかに格好良かったな」

ウンピョウは小型のヒョウのような体躯で、身軽に木に飛び乗っていた。

「ウンピョウは樹上の生活を好むから、ここでも背の高い檻を用意して、キャットウォークを作っていたでしょ」

「素早かったよねえ」

リエはご満悦だ。その後、最近産まれたというボブキャットの赤ちゃんの授乳時間がきた。

係員が俺たちの前に来て、授乳の様子を見せてくれた。

哺乳瓶から一心不乱にミルクを飲むボブキャットの赤ちゃんに癒やされる。

「これで、だいたい全部見たかしら」

「そうだな。じゃ、最初の噴水前に行こうか。そこで休憩しよう」

ここには巨大な噴水がある。噴水に小銭を投げ込んでも御利益(ごりやく)はないが、それでも投げ込む人はあとを絶たないらしい。

「ちょうど、空いているベンチがあるな。そこに座ろう」

ベンチが噴水を囲むように設置されている。そのひとつに俺たちは座った。

規則的な水音を聞いていると、ベンチまで水霧(すいむ)が漂ってきた。

「今日は楽しかったよ」

俺がそう言うと、真琴、裕子、リエの顔がほころぶ。俺は続けた。

「考えてみたらさ、四人で出かけたことって、これまでなかったよな」

一年と二年のときにいろいろあったせいで、女性不信になりかけていた。

そのせいで彼女たちと打ち解けるまで、数ヶ月はかかっている。当然夏休みに連絡し合う間柄でもなかった。ある程度親しくなったあとも、わざわざ一緒に出かけるようなことはなかった。

必要なものがあれば代わりに買ってきてくれたし、登下校についてきてくれたことはあったが、どこかに寄り道したこともなかった。

冬になって、共学校へ通うことが決まってからは、また心を閉ざしてしまった。

彼女たちには苦労ばかりかけたと思う。だからこそ俺は……。

「三人にはとても感謝している。こういうのは、口に出した方がいいと思ったから、この場を借りて言わせてほしい。中学三年生の貴重な時間を俺のために費やしてくれて、本当にありがとう」

「ううん、ぜんぜん苦じゃなかった。むしろお礼を言うのは私たちの方よ」

「真琴の言う通り。私たちは武人くんと同じ班になれて幸せだったわ」

「ボクも同じ気持ちだよ」

「そう言ってくれると、俺も嬉しいよ。それでこれまでの礼を兼ねてと、これからのことを考えて、三人に用意したものがあるんだ」

「……？」

用意したと言いつつ、手ぶらだ。一体なにを用意したのかと思ったのだろう。

「だから、これを受け取ってほしい」

俺はこの日のために作成したカードを三人に手渡した。先日、自分でラミネートしたものだ。


「――Free Hug券？」


カードの表には、大きく『Free Hug券』と印字されている。

その下には、それぞれの名前が入っている。

「裏に説明があるから」

三人はすぐにカードを裏返した。

『このFree Hug券は、記名のある本人しか使用できません。本券の所有者はいついかなるときでも、宗谷武人に対して、ハグを要求することができ、無期限に使用できます』

「えっ……これって」

「俺が三人に渡せるのはこれくらいしかなかったんだ。俺は、三人と仲良くやっていきたい。だけどこれから先、キミたちにも好きな男性ができるかもしれないよな。俺のことを忘れてしまうこともあるだろう。けどこの先、なにがあってもこの券を持っていれば、俺はキミたちを無条件で受け入れる。ハグしたくなったら、会いに来ればいい。これはそのための、フリーパスなんだ」

「そんな、私は忘れたりしない。絶対に忘れるわけがない!!」

「ありがとう、裕子。いつも裕子には助けられている。裕子が進む道はきっと光り輝くだろう。できれば俺も裕子の近くでそれを見ていきたい」

「うん、うん。ずっと……一緒に……グズッ」

「真琴」

「なに……」

「いつも俺たちをまとめてくれてありがとう。真琴がリーダーをしていたから、俺は安心できた。これからも、真琴に頼っていいか?」

「もちろんだよ。ずっと頼って」

「最後に、リエ」

「うん!」

「リエの無邪気さに俺はいつも救われたし、癒やされたんだ。辛(つら)いこと、嫌なことは、これからもあると思う。リエは変わらず笑顔で、俺のそばにいてくれるか?」

「当然、ボクはずっと一緒だよ」

「いま渡したカードは、俺の決意の証だと思ってくれ。キミたちの心がもし変わってしまっても、俺の気持ちは変わらない。絶対にだ。だから心変わりしたあとでも、俺のところに戻ってこられるよう無期限にしてあるからね。そのカードは俺の変わらない気持ちとして、ずっと持っていてほしいんだ」

そこまで話したとき、真琴、裕子、リエの目から大粒の涙がこぼれ落ちた。だがすぐ、三人は俺から顔を背けた。涙を見せたくないのだ。男性の前で感情を露わにするのはよくないことだと、彼女たちは昔からそう教えられている。簡単に言うと、「我慢しろ」ということだ。

情にすがるな、理性的であれ。それは「男性に負担をかけさせるな」と言っているのに等しい。

この世界がいびつだと感じる部分はそこだ。

彼女たちが感情を正直に表現するのは、そんなに悪いことだろうか。

嬉しかったら喜び、悲しかったら泣く。悔しかったら、声の限り叫んだっていいではないか。

だがおそらく、我慢が異常だと考えているのは俺だけなのだろう。

一般的な認識では、男性の前で我慢するのは当然。たとえ嬉し泣きだろうと、ロコツな感情表現を男性に見せるのはよくないと、彼女たちは考えている。

ここでも我慢我慢我慢だ。ああもう、彼女たちはこれからもずっとそうなのだろう。

そんなに我慢するなら、こっちから行ってやろうじゃないか。

「よし、じゃあ三人とも、それをしまって」

俺が渡した『Free Hug 券』を持って、首を傾げている。裕子でさえそうだ。

「さあ、さあ、それをすぐにしまうんだ」

三人とも意味が分からないものの、俺の言葉に従ってくれた。真琴は大事にお財布の中に、裕子はポーチのファスナーを開けてそこへ。リエは首から提げていたパスケースの中へ。

「よし、それは三人が使いたいと思うときに使ってくれればいい。だけどいまはそのときじゃない」

三人は頷いている。このまま勢いに任せてやってしまおう。

「おいで」

俺はそっと真琴の肩を抱き寄せた。

「はうっ!?」

もとの世界なら、絶対にできなかったことだ。だが、いまでは自然にそうすることができる。

真琴はビクッとしたあと、顔を伏せたまま、俺の肩に頭をあずけた。

「これは俺が真琴をハグしたかったからだ。さっきの券は関係ないからな」

ぎゅっと力を込めると、真琴がより一層身近に感じられる。

首筋に顔をうずめ、ひしとかき抱いた。

「た、武人くん……み、みんな見てる」

「そうだな、真琴。見せつけてやろう」

「ひぃわぁっ」

真琴の後頭部に手を回しつつ周囲に目を向けると、たしかにみんなこっちに注目している。

「……今日はこのくらいで勘弁しておくか」

悪役みたいなセリフを吐きつつ、続いて裕子を抱き寄せた。

「今日の武人くん……積極的すぎるんだけど」

「嫌か？」

「ううん……嬉しい。嬉しいけど、無理して……ああん」

冷静な裕子には、少しおしおきをしなければならない。

耳元に息をふっと吹きかけたら、とたんに腰砕けになった。

「裕子、いい匂いだ」

「そんな……汗かいちゃってるし……もう」

胸を押して離れようとするが、もちろんそれを許す俺ではない。

反対に首筋に唇を当てたら、へろへろになっていった。

「裕子はまだフリーハグ券を使ってないからな」

「うん、うん！」

首ったけとはこのことだろう。腰が一時的に抜けて立っていられなくなったようで、俺の首に両手を回して体重をかけてきた。

俺は裕子のぬくもりを存分に味わうことができた。

「さあ、最後はリエだ」

おいでと言うと、リエは飛び込んできた。

背の低い彼女らしく、俺の腰に足を回して抱きついた形だ。

「かわいいぞ、リエ」

「うん！」

リエの身体は腕の中にすっぽり入ってしまうほどに小さい。身体がずり落ちないように、ぎゅっと抱きしめると、同じように抱きしめ返してくる。

「二人とも、おいで」

リエを抱きしめたまま、真琴と裕子を呼び寄せる。

「これからも、よろしくな。三人とも……ずっと……一緒だ」

俺がそう言うと、ダムが決壊するかのように、彼女たちが泣きやむまで、彼女たちは一気に泣きだした。

これでよかったのだ。俺は、彼女たちが泣きやむまで、いつまでもそうしていた。

あとリエは、いつまでも俺から離れようとしなかった。

◆中学時代の班員　時岡真琴「お弁当は、どうする？」

「……どうしよう」

カイトメッセンジャーを閉じた真琴は、今更ながら、事の重大さに気づいた。

中学を卒業したあとで、まさかデートに誘われるとは思わなかった。まさかこんなことになるとは！　という気分だ。まさにこれは、青天の霹靂。真琴はいま、軽いパニックに陥っていた。

「明日よ、明日！　一度落ち着いてからでないと、まともな思考ができないわ！」

真琴は一旦、考えることを放棄した。すると、それを察したかのように裕子から「明日の昼休み、中庭で」との連絡がきた。どうやら裕子も同じ考えらしい。

翌日の昼休み。真琴、裕子、リエの三人は、チャイムが鳴るとすぐに中庭に集まった。

お昼を食べている暇はない。そんなことよりよっぽど重要なことを話し合わなければならないのだ。

集まった三人は、まるでこれから死刑宣告を言い渡す裁判官のような表情を浮かべていた。

三人とも、考えれば考えるほど、思考がドツボに嵌まっていたのだ。

「昨日の話だけど、事実よね？」

「そこから!?」

「だって、信じられないんだもの」

裕子は拗ねたように口を尖らせた。真琴はさもありなんと頷く。

真琴自身、入学式の日に会っていなければ、そう思ったことだろう。

「前も言ったけど、武人くん。吹っ切れたみたいよ」

「すごいわね。それって春休みのうちに、吹っ切ったってことでしょ？」

「そうなるわね。だからこのデートのお誘いも、信じていいと思う」

「真琴がそう言うなら信じるけど……お弁当？　まさか食べてくれるの？」

「………」

その懸念については、真琴も同意見だった。

中高生の男子が、同級生の手料理を食べてくれる。

それほど信頼してくれることって、あるのだろうか。まるでマンガや小説のようではないか。

いや、昨今のマンガや小説では、あまりにベタすぎて、批判炎上する案件だ。

「でも、楽しみだなって言ってくれたよ！」

「そうね、リエ。だから困ってるの。まさかこんなことになるとは思わなくって、準備していたけど、準備不足だわ」

裕子の訳の分からない言葉にも同意できる。たしかに共学の中学に通う女性は……いや、共学でなくても、いつか自分の前に現れる男性のために、料理の腕を磨くものだ。

急に腕を振るう機会がやってきてからでは遅いのだから当然だ。

当然、真琴も準備してきた。だがしかし、実際に「次の日曜」と言われれば、準備不足感は否めない。準備しているからこそ分かるのだ。自分が理想とする頂の高さが。

「じゃあ、裕子はなしということ「そんなこと言ってないわよ！」」

つまり準備不足だろうがなんだろうが、やることには変わりない。

「だれがなにを担当する？」

これは重要なことだ。早い内に決めておかなければ、準備期間すらなくなってしまう。

「その前に料理の傾向は？　みんなバラバラだと、収拾がつかないわよ」

「得意と不得意の料理があるでしょ。統一するの？」

「どういう形になるにしろ、それぞれの作るものは把握しておきたいわ」

「練習も必要よね」

「当たり前じゃない。ぶっつけ本番で持っていくつもり？」

そう言われて真琴はブルッと震えた。ぶっつけ本番。そんな怖いこと、できるわけがない。

「最低でも三回は練習しないとだね」

「リエは何にするの？」

「いつも作っているのは栄養がいっぱいだから、それにしようかな」

水泳をやっているリエは、その小さな身体に似合わず、かなりのカロリーを摂取している。その分消費しているのだから文句は言えないが、三人の中で一番食べるのがリエだ。

「うん、やっぱり作るものを話し合った方がいいわよね。分量の問題もあるし」

「ねえ、いっそのこと、少量ずつみんな個別に作らない？」

「……？　なんでそんな無茶なことを？」

「最後かもしれないし、少しでもいろんなものを食べてもらいたいからかな」

「裕子、それはどういう……？」

「今度のデートって、今までありがとうの報告かなって、ちょっと考えちゃって」

「!?」

考えてみれば、なぜ今頃になってデートのお誘いがきたのか。

お弁当のことを言い出したのか。

「つまりボクたちの関係……清算されちゃうの？」

「そうなの……かも」

そう。おかしいのだ。もし今後も関係を続けていくならば、これまで通りで良かった。

わざわざデートなどと言い出す必要もない。いつだって、呼ばれれば飛んでいく。

そしてお弁当。これは彼の精一杯のお返しと考えればしっくりくる。

この思い出を胸に生きていけと、言われたようなもの。

「私はそれでも構わないわ。それといい？　この話、武人くんに悟らせちゃだめよ。当日、顔に絶対出さないで」

「もちろんよ。台無しになんか、したくないし。顔にも態度にも出さない」

「それにいまの話はあくまで可能性だから。でも、悔いのない一日にしたいわね」

「それは私も同じよ。だったら、本当に、本当に……最高の一日にしてあげたいし」

「真琴、泣かないの」

「泣いてないもん！」

「がんばろうね」

「そうね。私たちは幸せよ。たとえどんな結末になっても、それだけは絶対に変わらない」

裕子の言葉に、真琴とリエは強く頷いた。

結局、昼休み終了まで話し合いは続けられたが、もちろん終わらなかった。

「次、集まるのは放課後ね」

「ええ、決めるなら早い方がいいわ。またここでいい？」

「練習する時間が必要だしね！」

放課後を使った長い話し合いのすえ、前菜、メインと、各自が最善と思うものを作っていくことに決まった。

仲のよい三人だったが、それでも一つに絞りきれなかったのだ。

◆特区外で働く女性　梅田由紀（うめだゆき）「再会の時」

梅田由紀は、遊歩道の曲がり角を反復横跳びのように行ったり来たりしている。

夕方からずっと……少なくとも一時間は続けている。帰宅途中の人が白い目を向けるのも当然だ。その姿はまるで不審者。通報されるのも時間の問題だろう。

「……今日はもう帰るか」

時刻はすでに午後七時を回っている。ここ数日、仕事が終わるのを待ってダッシュで退社。特区までタクシーをすっ飛ばしてここに来ている。

残業している上司や同僚、後輩が不審な目を向けているが、由紀はやめない。やめたくない。

「……ふう」

自動販売機で買ったペットボトルのお茶をひと口飲む。

上司はイラついているだろうし、明日あたり小言が来るかもしれない。

人は足りないくせに、仕事は腐るほどあるのだ。チームワークを乱す行為は慎まねばならないのだが、せめてあと一度だけでも、あの男の子を見たい、会いたい、触れたい。そう考えると、由紀はいてもたってもいられなくなる。

「あれ？　この前のおねえさん？」

帰ろうと踵を返したところで、声をかけられた。

振り向くまでもない。あの男の子だ。

「……やっと逢えた」

かすれた声が出た。どうやら、まだ喉が渇いていたらしい。

「……？　おねえさんもこの近くなんですか？　よく会いますね」

「た、たまたまよ……そう、たまたま」

「そうなんですか、じゃあ、偶然で二回も会ったってことなんですね」

「そ、そうなのかしら。ほほほほ……」

由紀の目は泳いでいる。その態度から、あからさまにウソと分かるはずだが、男性はまったく気にした様子もなく、無防備に由紀へと近づく。

「もう時間も遅いし、暗いですよ。大丈夫ですか？」

「はいっ？　なにがです？」

由紀は首を傾げた。

「あっ、そうか。女性が一人で出歩いても別にいいのか。……いや、俺は夕食前のトレーニングなんで、お腹がすいちゃって、おねえさんは大丈夫かなって」

「私？　私は平気。……お、お茶もあるし」

お茶が腹の足しにならないことくらい考えれば分かりそうだが、由紀はまだテンパっていた。

「そうですか……そういえば俺も喉、渇いちゃったな」

彼が由紀のペットボトルをじっと見ているので、何気なく差し出してみる。すると彼は「ひと口くれるんですか？」と言ったあと、ペットボトルのキャップを外して飲みだしたではないか。

「ふえっ!?　……あわわわわわ」

あれは由紀が飲みかけたペットボトルである。

事態の重大さを理解してガタガタと震えだした。

「あー、おいしかった。ありがとうございます。でもちょっと飲みすぎちゃったかな。今度会ったとき、お返ししますね」

じゃ、トレーニングの続きをしてきますと、彼は爽やかに走り去ってしまった。

「おおおおお……」

ペットボトルを握りしめ、由紀の身体は小刻みに震える。

まさか、まさか、まさか！　男の子が、飲みかけのお茶を飲んでくれるとは思わなかった。

テレビやマンガでやったら炎上、そんなレベルの話だ。

人に話したところで笑われるか、頭がおかしいと思われるだろう。それだけではない。

「おおお……おおおお……」

いま由紀の手には、彼が飲んだペットボトルがある。彼がペットボトルを返してくれたのだ。

これは、貰ってよかったのか？　どうすればいい？　飾るのか？　飾るのは当然として、どうすれば、永久保存できる？　予想外の事態に、頭が追いつかない。

こんなこと、こんなことが、あっていいのだろうか。

「女神様……私、前世で徳を積んだのでしょうか？」

すでに日は暮れ、あたりは闇に包まれている。

だが、由紀は足が震えて動くことができなかった。

そんなとき、遊歩道の奥から、揺れるライトが近づいてくるのが分かった。

あたりを探すように、光が左右に動く。

「あれは……警察（サツ）かっ！」

だれかが通報したのだ。それで警官が不審者を探しにやってきた。

由紀は、飲みかけのペットボトルを強く握りしめ、ライトから遠ざかるように全力で疾走した。

それは、これまでの人生で最高の走りだった。記録者はだれもいなかったが……。

◆宗谷家　宗谷亜紀「弟はなにをしている？」

「タケくんは、今日も無事に帰宅できそうね」

私は、スマートフォンに表示された地図アプリを閉じた。

弟の武人はいま、近くのバス停に到着したところだ。

あと五分もすれば、家のセキュリティが帰宅を知らせるだろう。

「ただいま、姉さん」

「おかえり、タケくん。学校はどう？」

「うん、みんな親切だよ。ただ授業は少し、レベルが高いかな」

「あそこは優秀な女子が通ってるから、しょうがないわね」

弟の通う伊月高校は、共学ゆえに倍率がバカ高い。はっきりいって、受験勉強をしていない武人がついていけるレベルではない。だがそれは、学校側も承知のこと。

男子の落ちこぼれがでないよう、フォローは万全らしい。大学への推薦も問題ないと聞いている。ゆえに私は、弟の学業について、あまり心配していない。

「姉さんは今年受験でしょ。勉強ははかどってるの？」

痛いところをついてきた。

「うーん、微妙かな。まあ、やれるだけはやるつもり。最悪、特区外に通うことになるかも」

武人の家族ということで、大学卒業までここに住むことができる。その後も特区内に住み続けるには、本人の努力がものをいう……のだが、母を見ていると気持ちが揺らいでしまう。特区に住むために定年まで努力し続けることができるだろうか。ちょっと難しい気がする。

「母さんは？」

「遅くなるって連絡があったわ。ごはんは私が作るからね」

「ありがとう、姉さん。でも受験勉強も大事だから、ときどき俺も手伝うよ」

「いいわよ。そんなことが外に知られると、私も母さんも肩身が狭くなるから」

「そっか。……でも、大変だったら言ってよね。無理しないで」

「大丈夫よ」

弟は優しい言葉を残して、二階へ上がっていった。弟のおかげで特区に住める身の上なのだ。その上、家事までやらせたのが世間に知れ渡ったら、良識ある女性たちから非難されかねない。

「よし、夕飯の準備でもしますか」

腕まくりしつつ、今日も仕事で遅くなる母のことを考えた。

家族に男性がいる場合、希望すればほぼ無条件で特区に住むことができる。

だからこそ母は、がむしゃらに働いている。私はそう思っている。

「みんなの模範にならなきゃ」

ことあるごとに、母はそう言っていた。模範とは、人より早く出社し、人より遅く退社することのようだ。だれからも後ろ指をさされないよう、母は懸命に生きている。

だからこそ、弟の面倒は自分が見なくてはと思った。

だが数ヶ月前、その弟に最大の試練が訪れた。共学校へ進学することが決まったのだ。

母に代わり、自分が弟の面倒を見ると意気込んだはいいが、いざ問題に直面すると、どうしていいか分からなくなった。

共学校に通うことが決まった直後から、武人の精神は大きくマイナス側に振れてしまった。

そんなとき、女性である私がどう声をかければいいのか。正解が分からなかった。

しばらく「そっとしておく」という方法を選んだ。それが最良だったのか、いまでも分からない。

いや、春休みが終わり、学校に通うようになると、武人は落ち着きを取り戻した。

いや、それどころか、積極的に女子と接するようにさえなっていた。

「成長したということかな」

あの、いまにも消えてなくなりそうだった武人を見なくて済んだのはよかったが、あまりにも変わりすぎて、最近は距離感が掴(つか)めずにいる。

「よし、下ごしらえはこれでいいとして……」

鍋を火にかけたところで、もう一度、母のことを思い出す。いま余裕がないのは、武人ではなく母の方ではなかろうか。母の寝室にある書棚。そこの二列は、息子を持った母親のための教育書で占められている。男子を産んだ喜びとともに、不安になったのだろう。本の発行年月日から、弟が生まれた直後にまとめて購入したものだと分かる。あのようなハウツウ本に頼るような母ではないはずだが、すがるものが欲しかったのかもしれない。後ろ指さされないために。

幸い、武人の教育は成功している。共学校にも慣れつつあるのか、言動にも余裕が感じられるし、家族への気遣いもできる。逆に母が教育本を書いてもいいくらいだ。

それで世の女性たちを啓蒙（けいもう）してもらいたいと思う。

「姉さん、ヒマだし手伝うよ」

武人が二階から下りてきた。

「いいわよ、もうすぐ終わるし」

「じゃ、一緒に作ろうか。俺も料理したくなっちゃったんだ」

「そうね……じゃ、一緒にやりましょう」

やはり、武人はまっすぐに育っていると思う。ときどき味見とは思えない量を小皿に盛っているところを除けば、所作（しょさ）は昔の武人とまったく変わらない。

だけど、内面は大きく成長している。一気に大人になっていく弟に置いていかれそうな気分を味わうとは思わなかったが、これはいい傾向だと思うことにする。

「ねえ、タケくん」

「なに？」

「この前、ラミネートを使ったでしょ。なにしたの？」

「ああ、あれ？　そうだな、姉さんの意見も聞いた方がいいかも」

「意見って……なによそれ」

「ちょっと持ってくるから、待ってて」

そう言って武人は二階へ上がっていってしまった。意見とはどういうことだろうか。

最近、本当に弟の考えが読めない。

鍋をかき混ぜながら待っていると、武人は手に数枚のカードを持って下りてきた。

「今度、中学のとき同じ班だった子たちと噴水公園に行くから、そのとき渡そうと思うんだ。どうかな?」

「なにを渡すの?」

学生証くらいの大きさのカードだった。キレイにラミネートされて、角は丸く処理がされている。カードの表面を見て、それから裏を見る。

「……武人、これ」

「俺なりの感謝の印ってとこなんだけど、どう? 重い? 重いとやっぱり嫌われる? 面倒くさい男だと思われたりしないかな」

自信なさげに、そしてやや上目遣いに見てくるが、それはどうでもいい。

「重いとか、面倒くさいとか……」

「うん、なに?」

「それ以前に……」

こんなものを貰った相手は、感動のあまり、泣き崩れるのではなかろうか。

相手が望むとき、いつでも、何度でも、どこでもハグができる券など、世界広しといえども、貰った女性は皆無だろう。

それをどう告げようかと悩んだものの、弟の顔を見ているうちになにも言えなくなった。

自分もそんな相手を見つけたい。心の底からそう思った。

目の前のこのイケメンは、なぜ私の弟なのだろう。

なぜこんなにも素晴らしい男性が私の弟なの……神様がいるなら、呪いたい気分だった。

◆中学時代の班員　時岡 真琴「アレを貫って」

私、やばい。ニヤニヤが止まらない。

昨日、生まれてはじめて、集団デートなるものを体験した。

中三のときの班員四人で、噴水公園に行ったのだ。うん、あれはデート。雑誌に何度も特集されていた、男子と一緒にお出かけする集団デートよ。まさか自分がそれを体験するとは！

「男子とのデートは、都市伝説ではなかったのよ！」

昨日は楽しかった。準備はがんばったし、当日の服装も気を遣った。公園に行くのだからと、上品な格好は見送った。浮かないギリギリで、清楚(せいそ)さが出せるラインを攻めてみた。お弁当だって、何度も練習した。母に「まだやるの？」と言われたけど関係ない。もしかしたら、一生に一度の機会かもしれないのだ。武人くんに最高の思い出をプレゼントしたい。そう思って張り切った。

その甲斐(かい)あって、デートは大成功だった。最後、噴水前に誘ってくれたとき、ああこれでお別れかと少ししんみりした。そうしたら、あのサプライズ！　もう、どんなに堪(こら)えようとしても、涙が出てきて、止まらなかった。滂沱の涙とは、あのことを言うのだろう。

慌てて顔を背けたけど、武人くんはすぐに分かってしまった。

優しく抱きしめられたときはもう、恥ずかしくて恥ずかしくて……嬉しすぎですよ、もう。ほんの少し見ない間に、あんなに男前度が上がるとは思わなかった。

そしてあれよ！　手渡された『Free Hug券』には、ちゃんと私の名前が書かれていた。

これを持っている限り、いつでもハグしてもいいと許しを得たのだ。

武人くんは、私を悶え死にさせるつもりか。これは武人くんが私を選んでくれたという証しだ。

もちろん私だけじゃなくて、裕子とリエも一緒だけど、その方が後々楽だろう。なにしろ、武人くんはモテる。おそらくこれからも……。

「ねえ、真琴。なにさっきからニヤニヤしてるの？　さすがに不気味すぎだよ」

隣の席の蘆田三奈が、肘で私の脇を突っついてきた。

「そんなにニヤニヤしてた？」

まさか、見られていたなんて、不覚。

「あんた、気づいてなかったの？　百面相の合間にそれはもう、ニヤニヤ、ニマニマ、ニタニタってしてたわよ……で、なにかいいことあったんでしょ？　なにがあったの？」

「な、なにもないわよ」

「ウソ。……で、なに？」

「さあ……この話はこれでおしまい。授業聞かなきゃ」

そう、いまは授業中なのだ。

小声のやり取りで終わりかと思ったら、休み時間にまた、三奈は迫ってきた。

「さあ、とっとと白状しなさい！　だれにも言わないでおいてあげるから、感謝するのね」

「なんで上から目線!?」

「授業中にあんなニヤニヤしてたのが悪い。さあ、とっとと吐くのよ！」

鼻と鼻がくっつきそうな勢いで、三奈が迫ってきた。

「ほんとうに、なにもない……きゃああああ」

胸を揉まれた。なぜ？

「男？　男なんでしょ？　その顔は男に決まってるわ」

鋭いが、ここで折れてはいけない。そう思って振り切るが、敵も然る者、一向に諦める気配がない。結局、休み時間中使って追いかけっこをし、次の授業にまでもつれ込んだ。

「それで？　もう観念したらどうかしら？」

そしていまは昼休み。さすがにもう……心が折れた。おそらくここで追及をかわしても、明日また同じことになりそうな予感がする。

「三奈、だれにも言わないでね」

「もちろんよ。それで？　男なの？」

勢いよく聞かれたので、つい頷いてしまった。

「マジ？　マジもんのマジ？　なに、男って、どういうこと？」

「ちょっと三奈、声が大きい。落ち着いて！」

興奮する三奈をなんとかなだめているが、これは早まったかもしれないと少し思い直した。

「でもあれでしょ。男といっても、中学んときに同じ班だったとかいうオチじゃなくて？」

「なによ、オチって」

「いやだから、高校生になってから連絡がついたとか、それでまだわたしたち繋がってるのね系の勘違いなんでしょ」

「勘違いって……」

「それで相手は？　やっぱり同じ班？」

「そうよ。とっても優しくて格好よくて、もう信じられないくらいの完璧男子なんだから」

「ハイ、ハイ、それでニヤニヤしてた原因は？　ここまできて隠すと為にならないよ」

ここまで来たからには言うしかないのは分かっている。

だから、生徒手帳の中に後生大事にしまったあのカードを三奈に見せた。

「これを貰ったの」

「へー……どれどれ」

三奈はカードの表と裏を何度もしげしげと見てから、私にそれを返した。

「どう？」

「よくできてるんじゃない？　でも休みの日にこんなの作るほど妄想しちゃうのは、ちょっといただけないわね。今度、中央駅へついていってあげましょうか？」

「妄想じゃないってば！　本当にこれを貰ったのよ！」

「そんなマンガか小説みたいな話、あるわけないでしょ。それとも相手が相当なぶっさい……」

「違うもん！　共学校に推薦されるくらい美形なんだからっ!!」

スマートフォンの写真を三奈に見せる。

「ちょっ、ヤバッ！　なにこのイケメン。こんな人、現実にいるの？　天界からおりてきたんじゃないの？」

「この人がね、いつでも一緒だよって、私に言ってくれたのよ」

そう力説したが、三奈が最後まで信じてくれることはなかった。無茶苦茶、あたたかい目で見られたのだ。

ちなみに、あとでその話を裕子とリエにしたところ、ふたりも同じことをやらかしたらしい。

そして私同様、信じてもらえなかったようだ。リエはともかく、慎重が服を着て歩いているような裕子まで浮かれていたとは、さすがに想像つかなかった。

なんにせよ、私たちの結束が、さらに強まったのは言うまでもない。

問題はこのカードをいつ使うかだ。回数無制限とはいえ、だれが一番先に使うのか。そう考えた瞬間、二人も同じことを思ったのか、視線がバチッと交差した。

うん、私たちの友情がこれで壊れるかもしれない。

第五章　中央駅へ

学校に行くと、昇降口のところで髪の長い女性が俺を待っていた。

班員のガードをかいくぐるため、登下校時に待ち伏せされることはよくあるが、同じクラスの人から待ち伏せされるのは珍しい。

彼女は篠志穂（しのしほ）さん。長い髪が特徴の美人さんだ。透き通るような真っ白な肌は、これまで一度も日焼けなどしたことないと思わせる。やや目つきがきついので、少女マンガに出てくる高貴な少女か、ライバル役のなんとか令嬢を彷彿（ほうふつ）とさせる。

「待ち伏せなんかしないで、班長を通してくれればいいのに」

「特区外生に取り次ぎを頼むのですか？　わたくしには、とてもとても」

プライドが許さないとばかりに、篠さんは首を横に振る。

「そっか。それで、俺になんの用？」

「母は、中央府中央局に勤めておりますの」

篠さんは上品に笑った。これまた、並びのよい白い歯が特徴的だ。

「中央局は、エリート中のエリートの人が入るところだよね。それで？」

東京特区を統括しているのが中央府で、その中にさまざまな局が入っている。

そこで絶大な権限を有しているのが中央局らしい。

「新しい特区のあり方について、母を交えて有意義なお話をしたいと思いますの。それで宗谷様をわたくしの屋敷にご招待申し上げようと」

屋敷ときたもんだ。

「新しい特区のあり方というと、特区条例を変えたりとかかな？」

篠さんは首を横に振った。

「きたるべき未来に備えて、ひそかに計画中の……新しい特区のことですわ」

「初耳なんだけど」

「わたくしたち学生で知っている方は、ほとんどいないと思いますわ」

つまり権力やコネを持っている大人たちしか知らない内容なのだろう。

それを知っている自分は特別……と言いたいようだ。

「篠さんの家でその話を？」

「ええ、宗谷様もぜひ、その一翼を担っていただけたらと思いまして、こうしてご招待差し上げたわけです」

彼女は、本当に十五歳だろうか。

妖艶な魅力というか、魔力というか、背後に変なオーラが垣間見える。

「新しい特区ね。俺はあまり、興味ないかな」

というか、知り合ったばかりのクラスメイトの家になど、行きたくはない。

「話を聞いたら、ぜひともと思うことになりますのよ」

「だったら、興味が出たときに聞かせてもらうよ。そもそもその……新しい特区は、計画中なんだよね？」

「ええ、そうです。ですが、具体的なところまで、すでに決まっておりますわ」

「なるほど。話を聞くのは……そうだな、世間に発表されてからでもいいかな」

「男性の方すら、居住に制限がかかりますの。あとから希望しても、もう手遅れということもございますのよ」

「それならそれでいいよ。じゃ、俺は教室に行くから」

親の職業から話を始めるあたり、特区住みらしい考え方だ。

しかしおかしい。親がエリートならば、男性の都合を考えない会話をするべきではないと、小さい頃から教わっているはずだ。だからいまの誘い方はらしくない。

「なんか、見下されたような……俺が特区外の女子を班員に選んだからか？」

理由としては弱いが、それが癪（しゃく）に障（さわ）ったのかもしれない。もしくは「なにがなんでも連れてきなさい」と親に言われたのか。

いずれにしても、いま話を聞く必要はないし、ホイホイと家までついていくべきではないと思う。新しい特区については、少しばかり興味があるが。

「はよーっす」

遠野さんが教室にやってきた。すでに他の班員は揃っている。

彼女だけ、遅刻ギリギリだ。

「なあなあ、さっきそこの入り口で、髪の長い女にすげー睨まれたんだけど」

来てそうそう、そんなことを言う。

なんとなく、思い当たるフシがあったが、黙って話を聞いておく。

「よくいろんな人から睨まれるよね」

「だよなー、この前なんかすれ違ったとき、舌打ちされたしさ」

そんな会話をしているが、彼女たちに堪えた様子はない。

男子と同じ班になった有名税と捉えているようだ。

「でもよ、なんていうの。こう、射殺さんばかりの目ってやつ？　すんごい形相で睨むのよ。思わず『はぁ？』って言っちゃったわ」

「なんでよ」

「だって、親のカタキみたいに睨まれるんだよ。意味わかんないじゃん」

そこから、「それはおかしい」だとか「普通無視する」などと、ぎゃーぎゃーと言い合いが始まった。チャイムが鳴り、彼女たちは静かになったが、いまのやりとりも注目を集めたことだろう。

俺はそっと篠さんの方を盗み見た。彼女は静かに前を向いて、「まるで、なにも知りません」とでもいうように、こちらを無視していた。睨んだ人物が篠さんだったのかは、遠野さんに聞けばハッキリするが、俺はそれをしないことにした。

噴水公園でのデートは楽しかった。

どうやらこの世界では、男女が一対一で出かけることは少ない……というか、ほぼ皆無。

そういうわけで、男性が複数の女性と出かけることが、一般的なデートとなる。

「とうとうこの俺も、初デートを経験したわけか」

着実にモテ階段をのぼっている気がする。

翌日から、俺はどこか上の空だったが、少々様子が変でも、だれもなにも言わない。暗黙の了解で、そっとしておいてくれる。

そして日は経ち、次のデートを翌日に控えた土曜日になった。

俺は、最近発売された『全インド人が驚愕！　幻の超人気激辛カレーパン』と『チャイ』を持って、女神の祠に向かった。幻と超人気がどう共存するのか分からないが、この世界の激辛カレーパンを食べてみたくなったのだ。

女神のもとを訪れた理由は、とくにない。

コンビニでたまたま見つけたこの激辛商品を食べさせてみようと思っただけだったりする。

「だっ、騙しましたねっ！」

涙ながらに俺を睨む女神の唇は、タラコのよう腫れ上がっている。器用だな。

「だから言ったじゃん。ちょっと辛いかもよって」

「ちょっとですか、これがっ!! 無茶苦茶（むちゃくちゃ）辛いじゃないですか」

激辛カレーパンは、激辛度がR（レア）、SR（スーパーレア）、UR（ウルトラレア）とあった。俺は全種類一個ずつ買ったのだが、はて？ 手元を見ると、パッケージにRと書かれていた。コンビニ袋にはURが残っている。

「あっ、間違えた。ちょっと辛いのはこっちだ」

女神に渡したのは『激辛度：SR』の一品。辛さはRの数倍らしい。

「わざとですね、わざとでしょ！ そーに決まってます！」

女神は、涙ながらに指を突きつけてくる。そんなに辛かったのだろうか。

「いや、素で間違えたんだけど……はいこれ、チャイ。飲むと辛さがマシになるらしいぞ」

チャイは、紅茶の茶葉に水と牛乳、砂糖を加えて沸騰させたものらしい。

たしかこれもインド発祥の飲み物だったはずだ。

「こんなもので（ごぎゅ）、わたしは（ごきゅ）騙されない（ごきゅ）んですからね！」

ぷっはぁーと盛大に息を吐いたあと、女神は犬のように舌を出して呼吸している。

チャイを飲んでも、まだ辛いらしい。

「……おっ、辛いけどイケるな」

『激辛度：R』のカレーパンは、舌にピリッとくるがクセになる味だ。

なかなかどうして、コンビニも侮れない。

「今度から辛いものは禁止です。甘いもの限定ですからね！」

女神が祠の上でプンプンと怒っている。そんなに怒るほど、SRが辛かったのだろうか。

「分かったよ。次は甘いものな。覚えとく」

「絶対ですからね。それで今日はどうしたんです？」

「今日？　とくに用事はないんだけど……あっ、そうだ。なんかこの身体って、高スペックじゃん」

「そりゃそうですよ。わたしのお気に入りの子ですからね」

女神がドヤッている。

「記憶をさらっても、女性以外で苦労したことってないんだよね。勉強はできていたし、運動神経もいいしさ」

「いいことじゃないですか」

「もとの世界での話なんだけど、武道の師匠にさ、俺はなんでこんなにブサイクなんだろうって、相談したことがあるだよ」

あれは中学に上がる直前だったと思う。

このままじゃ一生女にモテないって、涙ながらに相談した。そしたら師匠は、どんなくだらない、つまらない人間でも、なにかの役に立つんだと教えてくれた。

大昔の中国では、鶏の鳴き真似しかできない人や、犬のように物をかっぱらう卑しい人でも役に立ったんだと。鶏鳴狗盗と言って、その話が現代まで残っているのだと。

だから俺だっていつかきっと役に立つ日が来る。

そうなればきっとモテるぞと、師匠は励ましてくれた。

「いい師匠ですね」

「だよな。俺がここにいるってことは、役に立ったってことだし」

俺がブサイクだからこそ、女性が近寄らない。女性が近寄らないからこそ、この身体の持ち主は安心して生きていけたのだ。

「どんな人にも取り柄があるということですね」

「ああ、師匠は正しかったんだと俺は思ったよ。もとの俺の身体でさえ、ちゃんと役に立ったんだ。このイケメンで高スペックな身体ならどうだ？　もっと役に立てるよな」

「だから多くの女性を幸せにすると、この前言ってましたよね」

「そうなんだよ。つまりそれをサボっちゃダメなわけ。さしあたっては、明日のデートかな。なんか最近、意識しなくても女性と話せるようになったし、手始めに明日、がんばってみようと思うんだ」

同じ班になってまだ日が浅いが、仲良くなるのに時間は必要ない。明日は心の底から「楽しかった」と言わせてみたい。そして俺も楽しかったと言ってあげたい。

「なるほど、そこで胸のひとつも揉んであげれば、自分は選ばれたと思って、狂喜乱舞すると思いますよ」

「いや、町中でそれは難易度が高すぎるだろ」

仮にも女神だろうに、なんてことを言いやがる。

なぜか女神が、「堂々と揉んじゃえば、きっと大丈夫ですって」と、やけに勧めてくる。

先ほどの激辛カレーパンの仕返しだろう。

そんな怪しい話に乗るわけにはいかない。もちろん俺は却下した。

このあと家に帰って、『激辛度：ＵＲ』のカレーパンを姉と半分ずつ食べた。

とてもとても辛かったとだけ言っておこう。

おのれコンビニめ！　なんてもの開発しやがるんだ。もう絶対に食べない。


そして翌日。今日は、遠野さんと約束した『中央駅』へ行く日だ。

今回は遠野さんをはじめ、班員全員がついてきてくれる。

そう、一緒に出かけるのは、遠野さんと菊家（きくいえ）さんだけではない。これは心強い。

俺にとっては、二回目のデートである。目的は、中央駅周辺にある歓楽街を歩くこと。

男性があまり足を運ばない場所らしいので、とっても楽しみだ。

「おまったせーっ！」

待ち合わせ場所に、遠野さんが最後に来た。現地集合はよろしくないということで、俺の最寄り駅が待ち合わせ場所になった。そのため、俺だけ楽をさせてもらったが、この世界ではこれが普通らしい。こういうところを変えていきたいが、あまり自分流を押し通すのはよくないと思う。

彼女たちの反応を見ながら、おいおい考えていくことにしたい。

「おはよう、遠野さん。奇抜なファッションだね」

いきなりディスりたいわけではない。いつもの制服姿からは想像もつかない……いや、想像ついたけど、まさかそう来るとは思わなかった。

「変かな？　あたしがよく行く界隈では結構、普通なんだけどなあ」

もとの世界でいえば、パンクロック風だろうか。黒革のぴっちりしたスカートに、オレンジ色のスカジャン。身体のあちこちから鎖が垂れて、アクセサリがぶら下がっている。

遠野さんが動くと、ジャラジャラうるさい。

たしかに普段も複数のアクセサリをぶら下げていたが、今日はその数がハンパではない。

「もしかしてその格好で、外から来たの？」

途中で止められなかったのだろうか。

「そうだぜ。中央駅に行くには、これくらい気合い入れないと！」

「そうなんだ……もしかして、こういうのが普通？」

菊家さんに目で確認すると、静かに首を横に振られた。

「こういう人はいるにはいますが、出没するのは、ある特定の店周辺くらいでしょう」

「……そうなんだ」

やはり遠野さんの格好は、中央駅といえどもスタンダードではないようだ。

「この服も、特区内で買ったんだぜ」

つまり、そういう服を売っている店があるということだ。

センスとしてはどうだろうか。俺にはよく分からない。

「ところで宗谷様、本日はどちらへ伺う予定なのでしょうか？」

橋上（はしがみ）さんが当然の質問を投げかけてきた。中央駅に行きたいから付き合ってくれと言うと、みんななんの疑問も抱かず了承してくれたので、詳しい話をまだしていない。

「行きたい場所はいくつかあるんだけど、町の雰囲気を感じてみたいんだ。だから、みんなのおすすめが知りたいかな。歩くのは苦じゃないし、おすすめを順番に回るってのはどう？」

「なるほど、そうですか。わたくしが詳しいのは、駅の西口方面です。もちろん、一般的な場所でもご案内できます。行きつけの場所をお教えいたしましょうか？」

西口と言われて、記憶を探る。

たしか、大型書店や映画館、それにゲームやアニメショップなどが並んでいたはずだ。

「うん、西口も回るつもりだから、そのときは橋上さんに案内をお願いするよ。菊家さんがよく行くのは、どのあたり？」

「私はほとんど行きませんので、ネットで知った場所以外は、あまり詳しくないです。家からも遠いですし、行くときはいつもショッピングモールになります。駅の南口ですね」

「なるほど……南口か」

菊家さんは二時間かけて、学校まで通っている。たしかに中学生のとき、ここまで遊びに来ることは少なかっただろう。来たとしても、そうそう長居はできなかったはずだ。そういう環境だからこそ、知識だけはあったりすることもある。中学の班でいうと、裕子がそういうタイプだ。

「ユウは北口が詳しいよ！」

「そうか。青野さんは北口なんだ……うん？」

北口は、大人の歓楽街ではなかっただろうか。

きらびやかなネオンサインが特徴のお店が多かった気がする。

「北口とはまた、エロいねえ。もしかして、非合法のエロ写真集とか、持ってる？」

遠野さんが興味を示したが、青野さんは首を横に振った。

「さすがに中学生じゃ、エロは買えないか。でもコッソリ……あっ」

そこまで言って遠野さんは、俺が隣にいることに気づいたようだ。

女子同士だと、そういうエロトークをするのかな。

でも、非合法のエロ写真集って、なんだろう？　被写体はやはり男性だろうか。

「うぉっほん」

遠野さんがわざとらしく咳払いして、この話題はお開きになった。

電車に乗った。

車内はそれなりに混んでいて、俺たちはつり革に掴まりながら、窓の外を眺めていた。

「宗谷様。ひとつお伺いしたいことがあるのですが？」

「なに？　橋上さん」

「どうしてわたくしたちを班員に選んだのでしょうか？」

橋上さんがそう言うと、他の三人も無言で頷いた。なるほどと、俺は思った。前から気になっていたのだろう。だが、クラスの中では聞けなかったのだ。

「どう答えればいいかな……ちょっと考えるから待ってね」

目の前に座るＯＬさんと目が合った。ＯＬさんは慌てて目をそらした。

もとの世界で、俺はモテなかった。絶叫するほどモテなかった。クラスで一番の美人と付き合いたいと考えていたわけではない。女子と他愛ない会話をしたり、放課後、一緒に帰ったり、ファストフード店に寄ったりしたかっただけだ。事務的な会話なら受けてくれる女子も、俺が軽口をたたくと「えっ？　なんでそれを私に言うの？」みたいな顔をされた。

太い眉がいけないのか、四角い顔が駄目なのか分からないが、俺の隣に並んで歩いてくれる女子は皆無だった。俺は『青春』している級友たちを外から眺めていたのだ。

当時の俺に近いのが、彼女たち特区外生なのだ。それを正直に伝えたところで、理解してもらえるとは思えない。ゆえに俺は、たっぷり考えてから、こう答えた。

「特区内生で班員を固めたら、特区外生との間に溝ができると思ったんだ。せっかく同じクラスになったんだし、そういった中とか外を一年間持ち続けるのは、無粋だろ」

「そのためにあえて……ですの？」

「まず特区外生の班員と仲良くなって、それを足がかりに他の特区外生や特区内生……つまりクラス全員と仲良くなりたいんだ。そのためにも、はじまりはキミたちが一番だと思ったわけ」

俺がそう告げると、菊家さんは両手で口を押さえた。感極まった顔だ。

橋上さんが「尊い……」とか呟いている。いや、尊くなんかないから。

と思ったら、目の前のＯＬさんが俺を拝んでいた。道祖神かな。

しばらくして、電車は中央駅に到着した。乗客の半分以上がここで降りる。

「それでは行きましょう。みんな、いいわね」

菊家さんの掛け声とともに、俺の周囲に壁ができあがる。

彼女たち四人で、俺をガードするのだ。サイコロの5を思い浮かべるとわかりやすい。俺が中心で、その周囲を四人の女子が守っている。

「こんな厳重にガードしないとダメなの？」

「万一のことがないよう全力を尽くすと、私たちは学校に誓いましたし」

町を歩くのに全力を尽くすって……入学前に提出したという誓詞の中身が知りたくなった。なんにせよ俺は、東京特区最大の歓楽街に、足を踏み入れたのである。


中央駅は女の欲が詰まった町であると同時に、あらゆるものが揃う場所らしい。

いったいどんな場所なんだか。

「ここは女を磨くところなんだぜ。まっ、雑誌の受け売りなんだけどさ」

遠野さんが自慢げに言う。この世界で発売されている雑誌は、女性向けのものばかり。

昔は男性向けの雑誌もあったようだが、情報の新しさではネットに及ばず、深く掘り下げようにも、そもそも売れる数が少ないので予算がおりない。男性の数が減るにしたがって休刊や廃刊が相次ぎ、ネットが普及するとほとんど店頭から姿を消してしまったらしい。

かわりに男性向けの情報を発信する一般女性が、ネットの中にゴロゴロいるとか。

彼女たちは、どんなニッチな分野でも「男が興味持ちそう」というだけで専門家となり、情報発信役を担っているという。

そんな彼女たちのサイトは、無料で利用できて広告も載っていない。

完全無料で広告なしの男性向け情報サイト。そりゃ、商業誌が敵(かな)わないわけだ。

あらためて考えると、業(ごう)が深い。

中央駅の改札を出ると、目の前に駅ビルの入り口が見えた。

先頭を歩いていた遠野さんが、こっちを振り返った。

「ここから駅ビルに入れるし、地下街へも行けるけど、今日はいいよな」

「地下か……たしか、『セントラル地下街』っていうんだよな」

「ああ、上階は人が多いし、地下街の中にはお上品じゃない店もあったりするから、あまりオススメはしないな。予算の少ないあたしなんかはよく利用するけど、最初に行くところじゃないと思う」

「だったら、遠野さんオススメの場所を案内してもらおうかな」

町の下に張り巡らされた地下街にも興味あるが、それは次回でもいい。

「よし、まかせとけって」

駅を出て、一旦東へ向かう。

「あれ？　この辺りは、町の雰囲気が落ち着いている？」

電飾看板が乱立する歌舞伎町のようなところを想像していたが、ビジネスマンが闊歩する新橋のような感じだ。

「あっちにでっかいビルが見えるだろ。あれは中央府の治安維持局の建物なんだけど、あれのせいで、この辺は結構、規制が厳しいんだ」

特区には独自のルールがある。『特区条例』というやつだ。それを守らせるのが治安維持局の職員で、特区内限定で捜査と拘束の権限を有している。

やっていることは警察に近いが、銃を所持しているわけではないし、取り調べの権限もない。

捕まえたあとは、期日以内に警察に引き渡すことが義務づけられている。

アメリカの保安官制度が一番近いだろうか。

中央府の所属で、警察の手伝いもすれば、独自に動くこともある。特区の行政は中央府がすべて担っているので、その下で治安維持のサービスを提供している感じだ。

「繁華街の近くに治安維持局の建物があるのか。もちろん、わざとなんだろうな」

「すぐに駆けつけられるようにだろうぜ。あと、巡回しやすい？　つぅわけで、ここら一帯はとくに大人しいわけだ。んで、紹介したい店はこっちだぜ」

遠野さんは細い路地へ入っていった。

「なんだここ……一体どこに向かってるんだ？」

「もうすぐだぜ」

このあたりは、古い建物が多い。遠野さんが、「あれ、あれだよ」と指した先に現れたのは、重厚な扉が特徴の古い店だった。だが、看板が出ていない。

「怪しそうなんだけど、大丈夫なの？」

「一見さんお断りで、ネット通販がメインなんだわ」

「なるほど……住所が特区だと、それもありよね」

菊家さんが納得している。所在地を特区にしていると、通販でも信用度が違うのだろう。

「こんちゃー」

遠野さんが躊躇わずに扉を開けて、中へ入っていった。俺たちも続く。

「あら、彩乃ちゃんじゃない。また来たの？」

「ずいぶんな挨拶だな、マダム・セラ。ちゃんと商品も持ってきたぜ」

「それはありがたいけど……後ろの連れは、なんなのかしら」

四十代と思われるやや化粧の濃い女性が、俺たちに目を向けた。

「高校の班員なんだ」

「そういえば、共学校に行くって言ってたわね。でも男がウチの店に来るなんて、珍しいこと。一年ぶりくらいかしら」

「こんなところへ一年に一人、男が来るのか？　無理やり引っ張ってきたんじゃないのか？」

「あら、言うわね。これでも、界隈じゃ、ちょっとは有名なのよ」

「ども……宗谷武人といいます。伊月高校で、遠野さんにはお世話になっています。それで……ここはなんの店ですか？」

薄暗い店内には、所狭しと天井付近まで古着が積まれている。トルコやインドだと、このような陳列は普通らしいが、なんというか圧迫感がある。

「ウチ？　ウチは見ての通り、古着屋よ。他にもオリジナルの商品を扱っているの」

「そうだぜ。つぅわけでマダム、これを頼むわ」

遠野さんは、鎖からアクセサリをいくつか外し、カウンターに並べた。

「ひぃ、ふう……六つね。それじゃ写真を撮るから、預かり証はスマホに送ればいい？」

「ああ、それでいいぜ」

遠野さんが身につけていたアクセサリは自作らしい。ここで代理販売を頼んでいるようだ。

「そのアクセサリ、ぜんぶ手作りなのか。器用だな」

「こういうので小遣いの足しにしないと、頻繁に来られないからな」

アクセサリが売れると、手数料を引いた金額が遠野さんの口座に振り込まれる。特区のネームバリューで、工業製品ではない一品物(いっぴんもの)のアクセサリは、意外と売れるらしい。

身につけていたアクセサリが半分ほどなくなり、残った鎖がシャラシャラと揺れる。

「そういえば彩乃ちゃん。最近、党人会(とうじんかい)が治安維持局に出入りしているらしいわよ。アタシも何度か見かけたから、アンタも気をつけなさい」

「党人会？」

店主が遠野さんに忠告したようだが、記憶を探っても思い当たる名称がなかった。

「党人会かあ……あたしもよく知らないけど、特区の規制とかを考える団体だっけ？」

「へえ？　危険なの？」

「おカタイ連中だから、あたしみたいな外見の者が特区にいるのが嫌なんだよ。それが治安維持局と一緒にいると……」

「見つかったら、捕まるとか？」

「さすがにそれはないと思うけど……ないよな、マダム」

「さあ、彩乃ちゃんじゃ、分からないわね」

「そりゃないぜ」

「……冗談はおいといて、治安維持局は制服を着てるからすぐに分かるわ。党人会はそれはないから、バッジでしか判断できないの。もし党人会とモメたら、治安維持局はアタシたちの味方なんか、しちゃくれないでしょうね。拘束されて、特区出入り禁止になっても驚かないわ。最近、見かけなくなった外の客もいるし、そういうことよ」

「党人会と治安維持局がつるむってか？　おとり捜査みたいで、悪質だな」

「注意していれば防げると思うけど、頭に血がのぼるとどうなるか分からないものね。とにかく近寄らない方がいいわよ」

「分かった。けど、なんでまた今頃？」

「さあ……党人会は治安や風紀の乱れを憎んでいるでしょ。時期なんて関係ないんじゃないの。アンタみたいな派手な外見してると、真っ先に目を付けられるから、本当に気をつけるのよ」

「そうだな、せいぜい気をつけるよ」

遠野さんはそう言ったが、たしかに気になる。あとで裕子に聞いておこう。

マダム・セラの古着屋を出た俺たちは、来た道を戻らず、駅の北側を目指した。

駅の北は飲み屋街が多いが、治安維持局の前を通るよりはマシと判断したのだ。

「東側の雰囲気は分かったけど……一番栄えているのは南側だっけ？」

「そうだな。休日は人で溢れるから、なるべく行かないほうがいいぜ」

北へ抜ける近道を遠野さん先導のもと、進んでいる。中央駅には巨大な駅ビルがあり、そこから南口へ向けて、ショッピングモールが広がっている。

駅周辺は賑わっているため、男性がフラフラと歩いていると、かなり注目を集めるようだ。

駅ビルも上階へ行けば、高級店が軒を連ねているため、人も少ないらしい。

だがそんな店、俺たちだって用がない。

「上階にあるレストランも高級割烹とか、値段が時価の寿司店とかだぜ。エステもあたしには関係ねえし、行く意味はないわな」

「高級店か。それはたしかに、行く意味はないな」

「他にもスパや高級サロンもあるそうですよ。上流階級の人たちは、駅から直接エレベーターで向かうと、以前テレビで見たことがあります」

菊家さんが思い出すように、ぽつりぽつりと語った。

「ボウリング場や映画館は、ないのかな」

「ないですね。レジャー施設は西口に多いですので、そちらならあると思いますけど」

西口に詳しいのは、橋上さんだ。どうなのか聞いてみると「レジャー施設ですか？　たしかにありますけど、南側に劣らず女性が多いです。男性はかなり注目されると思います」とのことだった。

マダム・セラの店からしばらく歩くと、周囲の雰囲気が変わってきた。

飲食店が増え、見た目にも「大人の店」と思われる看板が目立ってきたのだ。

「この辺は安酒を出す店ばかりだけど、あんまり先へ行くと、風俗街に出るからな。まあ、時間も早いし、店は閉まってるだろうけど」

「そういえば風俗って、どんな店なんだ？」

もとの世界の風俗店ならば、聞きかじり程度の知識はある。

だがこの世界の風俗は、想像がつかない。

俺の疑問に、菊家さんがまっさきに顔を背けた。これは知っている顔だ。

「菊家さんは、分かる？」

別にカマトトぶっているわけではない。俺は本当に知らないのだ。

「えっと……ですね。私の口からはなんとも……」

「そういえば、青野さんがこのへんに詳しいんだっけ？」

「ユウが知ってるのはもっと向こうの方だよ。けど、風俗だよね？」

「そう。知ってる？」

「大人の男の人がエッチなサービスしてくれるんだって」

「へえ？　そうなんだ？」

この世界は極端に男性が少ないから、そんなことをする男性はいないのかと思っていたが、どうやら違っていたらしい。

「身を持ち崩して、苦界に身を沈めた人らしいよ」

青野さんが難しい言葉を使っているが、テレビでやっていたのだろう。

おそらくだが、浪費やギャンブル、事業の失敗などで、多くの借金を抱えた男性が最後の手段としてここを訪れるのだろう。男性に対するセーフティネットはあるが、すべてが救われるわけではない。自分で落ちていった場合は、どうしようもないのだ。

「マッサージとかしてくれるらしいですね。私も、き、聞いただけですけど。ほ、他にも抱きしめて、甘い言葉をささやきながら、一緒に過ごしてくれるとき、聞いたことが……あるような」

しどろもどろながら、菊家さんが答えてくれた。なるほど、そういうサービスの店なのか。

「……っても、若い男はほとんどいないらしいぜ」

ここも業が深いな。俺たちほど男女比がぶっ壊れていない世代の大人たちがいるのだろう。

「青野さんは普段、どの辺に行ってるんだ？」

「こっちだよ。行ってみる？」

「そうだな。案内してくれるかな」

「いいよ」

青野さんに連れられて、繁華街の中を突っ切っていく。すると、またもや雰囲気が変わった。

たむろしている女性たちも、昔の不良少女みたいな外見なのが多い。

「なんか、やべーところじゃねえの？」

「ねえユウ、本当にこっちで合ってるの？」

「うん。この裏」

テニスコートがあった。そこではダボダボの服を着た女性たちが、ストリートバスケに汗を流していた。

「こりゃ……あー、なるほど、賭けバスケか」

遠野さんはすぐに気づいたようだ。とすると、貼り出されている紙に書かれている数字は、オッズ表か。よく見れば、胴元らしき女性もいる。

「青野さん、もしかしてここに出たことある？」

「何回もあるよ」

ここで行われているのは、賭けバスケだけではなかった。

ダンス対決や格闘技対決なども見て取れる。

「向こうでスケボーの音が聞こえるな。賭け事ばかりじゃねーみたいだが、なかなかディープな世界だぜ」

遠野さんでも、この場所のことは知らなかったらしい。

「青野さん、あれはなに？」

二人の女性が平均台の左右に立って、互いを攻撃している。

「あれは、落ちたら負けのゲーム。お互い同じお金を賭けて、勝った人の総取りになるんだよ」

なるほど、賭け将棋や賭けゴルフなどと同じ理屈だ。そして、本人同士の勝負を周囲が勝手に予想して賭ける。そんな感じだろう。

「青野さん、あれはやったことある？」

「ううん、不利だからやらない」

平均台の上で相手を落とし合うゲームだし、体格差がものをいうのだろう。

あそこにいるのは、鍛えた女性ばかりだ。小兵(こひょう)では不利だろう。

「面白そうだな」

ちょっと身体が疼(うず)いてしまった。

「賭けるの？」

「いや、出てみたい」

「「ええっ!?」」

「だめかな？」

男性の方が力があるから有利だし、出場は認められない可能性がある。

「相手がオーケーしたら問題ないと思うけど」

「宗谷くん、あんな荒っぽいのに出るの？」

「見てたら、自分にもできそうだと思ったからさ」

トレーニングをはじめるようになって、身体の動かし方が分かるようになってきた。

ここらでひとつ、実力を試してみたいと思っていたのだ。

LANTIS

「青野さん、俺が出場できるかどうか、聞いてくれない？」

「うん！　行ってくるね！」

「宗谷くん本気で……青野さん!?　ちょっ、まっ！」

菊家さんが青野さんを止めようとして、手が空を切った。

「マジかよ。勇者だぜ」

だって、こういうイベントがあったら、参加しなきゃ損でしょ。

できそうどころか、自信がある。問題は、男性の参加が認められるかだが。

「見ていたら、できそうな気がしてね」

「聞いてきたよー、大丈夫だって！」

青野さんが戻ってきた。向こうがざわついている。

順番待ちの女性たちが一様に驚いている。男性の参加は珍しいか、はじめてなのだろう。

彼女たちの最後尾に並ぼうとしたら、なぜか快く順番を譲ってくれた。それはさすがに特別扱いが過ぎると思ったが、彼女たちは絶対に譲らない。譲るのを譲らない。

間に入った菊家さんが困るほど、強固に順番を譲ってくるのだ。

「しかたない。彼女たちの厚意に甘えようか」

そういうのは本意ではないのだが……と思っていたら、「いま並んでいる人たちが宗谷くんと対戦したいのよ」と、菊家さんがそっと教えてくれた。

順番を譲ってくれた理由はそれだったようだ。

すぐに俺の番となったが、そもそも俺は競技名すら知らない。聞いたところ、『フォール・ライン』だと教えてくれた。『線から落ちる』と捻りのない名前だが、分かりやすくていい。

ルールは簡単だ。平均台の中央からはじめて、相手を落とせば勝ち。禁止事項は、道具の使用と相手の身体や服を掴むこと。押すのはオッケーだが、掴んで引っ張るのは駄目らしい。

あと蹴ってもいいが、投げては駄目。

「ルールは分かった。それで、チャレンジする人はお金を賭けるんだろ。いくら？」

「二枚だって」

二千円らしい。これは勝ち抜き戦らしく、一枚から参加可能だが、現在の勝者は二枚出して戦っているので、その人と戦うには同額を賭ける必要があるという。

「分かった」

俺が懐から財布を出すと、菊家さんたちが止めた。

ルールに則って、デート代は自分たちが出すと言いたいようだ。

「いや、こういうのは自分のお金でやるから面白いんだ。だから、今回は俺のわがままを聞いてくれ」

そう言って審判に二千円を渡す。審判は、反則や同時落下のときの判定をする。

また、互いの掛け金を一時的に預かる役目も兼ねている。

「宗谷くん、無理しないでね」

「ああ、楽しんでくるよ」

対戦相手の女性は、この『フォール・ライン』でならしているらしく、自信満々の顔つきだ。

すでに噂を聞きつけたのか、多くのギャラリーが集まってきた。スマートフォンで連絡している者もいるので、観客はまだまだ増えそうだ。自重してか、俺を撮影している者はいない。

「少しくらい撮影しても大丈夫だろう」とかやって、『特区退去』になっては目も当てられないからだ。女性は、男性のことになると慎重にならざるを得ないのだ。

さて、あらためて対戦相手を見た。なかなかいい身体をしている。

女性的という意味ではなく、アスリートとしてだ。

背は俺の方が高いが、体重は相手の方が重い。男女の差を考慮に入れても、経験と体格差で俺が不利だが、こういうバランス重視の鍛錬は、もとの身体のときよくやっていた。

そして彼女たちは知らない。男性の筋肉は、女性のそれよりよっぽど頑強だ。

多少の体格差など、ひっくり返せるほどに。

平均台の中央で、右手の甲を互いに合わせる。

「それでは……始め！」

審判の合図とともに、相手が近寄ってきた。平均台から落とせば勝ちなのだから、体重が重い方が積極的に攻めるのは理にかなっている。このまま後ろに逃げれば、平均台の端まで追い詰められる。もちろん、俺は逃げない。

もとの世界で、何万回と繰り返した柔道の足払い。

同じタイミングで歩いてくる相手の足を薙ぐくらい、朝飯前だ。

小内刈り(こうちが)のタイミングで、着地する直前の足を刈り取った。

「うわっ⁉」

踏み出した足は平均台を踏むことが叶(かな)わず、相手はバランスを崩して落ちていった。

「――まずは一勝」

あっけない幕切れだが、勝利は勝利。視線を肩口に誘導しておいたので、足下の注意がおろそかになっていただろう。

ギャラリーに向かって指を一本立てると、静まり返っていた会場に歓声があがった。

「イテテテ……あたしは、どうなったんだ？」

「俺に足を掛けられて、踏み外したんですよ。立てますか？」

「ああ、そういうことか……こりゃ最初(ハナ)っから狙われていたな」

「その通りです」

「再戦したいところだが、順番は回ってこないだろうな」

対戦を待つ長蛇の列を見て、彼女は肩を落とした。

「全部勝つかもしれませんよ」

「そうなったら、殿堂入りだ。……応援しているよ」

「ありがとうございます」

この競技は、連戦方式だ。最初にかけた二千円はそのまま。いま俺の手元には、勝った分の二千円が賞金としてプールされている。次からは防衛戦となり、賭けの金額は俺が決められる。

「同じ二枚で」

そう伝えたら、審判が並んでいる列に「二枚だ」と指を二本上げた。次の対戦相手は、二千円払って平均台に上がることになる。これは俺が負けるか、自分から下りるまで続く。

最初の防衛戦の相手は、背の高い女性だった。

バレーボールでもやっていそうだ。よく見たら、並んでいる女子のすべてが、格闘技やスポーツ界に進出したら、一角(ひとかど)の人物になれそうな体躯(たいく)をしている。

「これは、全部勝ち抜くのはしんどそうだな」

「――始め!」

挑戦者は腰を落とし、重心を下げながら迫ってきた。フェンシングの構えに似ているが、もっと重心を落としている。相撲の立ち会いに近い。

彼女たちは何度もここで敗北して、自分に合った戦い方を身につけたのだろう。

すぐに迫ってくるのかと思ったのだが、彼女は重心を前に残したまま、動こうとしない。

「柔道だと、懐に入って内股が決まりそうだな。さて、どう料理しようか」

腰が引けている相手なら苦労しそうだが、そんな感じでもない。身体が前に傾いているということは、押して決着をつけようとしているのだろう。

膝と膝が触れ合う距離まで近づく。案の定、押してきた。柔道で襟(えり)の取り合いを思い出しつつ、上半身に相手の注意を集中させる。

「よし!」

片足を相手の股の間に差し入れた。そのまま体重をかけると……。

「わっ、わわっ……!?」

ふくらはぎ同士が押し合い、結果、先に体重をかけた俺の方が押し勝った。

相手はバランスを崩して、平均台の下へ落ちていった。

「――二勝！」

指を二本立てると、観客がさらに沸く。

結局、このあとも連勝を続け、七人落としたところで下半身が震え出したので、そこまでにした。一万四千円の『儲（もう）け』である。

「宗谷クン、すごいよ！　あの人たちにみんな勝っちゃうなんて」

「みんなそれぞれ個性的だったな。実力も申し分なかったし」

「そりゃそうだよ。高校時代、スポーツで記録を残したような人ばかりだもん」

「どうりでいい体格していると思った」

ここは力を持て余したスポーツ少女たちが、夜な夜なエネルギーを発散させるために来ているらしい。それが日中でも行われるようになり、有名選手が登場し、より洗練されていったようだ。

いまではもう、多少腕に覚えがあるくらいでは、太刀打ちできないメンバーが揃ってしまっているという。

そこに飛び入りで、常連を次々となぎ倒してしまったのだから、注目されるのも分かる。

「注目されすぎて、やばいわ。早く出た方がいいぜ」

遠野さんに言われて気がついた。

七戦している間に、ギャラリーの数がとんでもないことになっていた。

「それもそうだな」

男性に積極的に話しかけるのを控えているからこそ、騒がれているだけで済んでいる。

だれか一人が暴走でもしたら、そのまま雪崩(なだれ)を打つかもしれない。

「掛け金と賞金を貰(もら)ってきたよ」

「ありがとう、青野さん。それじゃ、退散しようか」

俺たちは話しかけたがっている女性をおいて、賭け試合の会場から逃げるように脱出した。

「しかし、彼女たちは強かったし、対戦も面白かった。いい友達になれそうだったんだけど、残念だな」

あっけなく勝った試合もあるが、あれはそう見えるだけ。

実際にはフェイントや、高度な駆け引きがあった。フィジカルの差で勝てたのは二、三試合。

あとは相手の油断や知識不足で勝利をもぎ取った部分が大きい。俺が男であることで、相手が全力を出し切れなかったところもあるだろう。

負けたあとも健闘をたたえ合い、みな清々(すがすが)しい態度だった。ラグビーでいうところのノーサイドだ。高校時代にスポーツでならしたらしいので、俺と精神構造が似ているのかもしれない。

彼女たちは戦う場を求め、自然と集まり、競い合い、ここで技術を高めていった。

羨ましいことだ。この世界、もてあますリビドーを発散する場がないのは問題だろう。

「そういえば、最後の方は動画とか撮影されていたけど、ネットにアップされたりするかな？」

アップされて困るわけではないが、青野さんたちに迷惑がかかる可能性もある。

「個人で楽しむ以外に使わないから大丈夫だと思う。過去にも賭け動画が上がっている動画サイトはなかったし」

賭け事自体が非合法であるため、証拠となるようなものを公表することはしないだろうと。アップされても気づいた人がすぐに削除要請して、逆にアップした人が特定されて捕まって終わるんじゃないかと。

そういえば賭けるときのオッズも書かれていたが、あれは「ただの数字」と言い逃れができるようになっていた。ああいうアングラな世界だからこそルールがあり、連帯感もあるのだろう。

しかし、中央駅付近は面白い。遠野さんや青野さんと知り合えてよかった。

「じゃ、次はどこへ行こうか。ちょっと連戦で足腰がガクガクなんだけど」

「それでは私が西口を案内します。明るく、健全な電気街など、どうでしょう」

「明るく、健全な電気街か、いいね。人は大勢いる？」

「なるべく、そういうところを避けるようにします」

橋上さんは微笑（ほほえ）んだ。

「じゃ、そこへ行こう。案内はお願いするよ」

清楚（せいそ）な外見をもつ彼女は、この中で一番の美人さんだ。

だがその実、マンガやアニメをはじめとして、さまざまなサブカルに強い。

「ありがとうございます。では……男の人に免疫がない『お仲間』がいるところへ案内します」

そこが一番、変に近寄ってきたり、つきまとってきたりしない女性が多いらしい。

しかし、お仲間って……。

橋上さんに連れられて、西口方面へ向かう。飲み屋街から倉庫街に移った。

しばらく歩くと、大きな看板が目に入るようになった。

「ここでございます」

なんというか、そこは見事な電気街だった。赤いハッピを来た人が呼び込みをしている……のだが、公道での呼び込みは道路交通法違反ではなかろうか。

「怪しそうな店だけど、大丈夫？　呼び込みって、違法よね？」

菊家さんが不安がっている。

「大丈夫です。あれは、店員がたまたま外の空気を吸いたくなって、道に出てきただけです」

「フリーダムな店員だな！」

まあ、そういう名目なんだろうけど。

「通行人に声かけしているようにも見えますが、愛社精神がありすぎて、社名を叫ばずにはいられないのです」

「フリーダムな店員だなっ!!」

店に入ってみると、中は意外と普通だった。

冷蔵庫や洗濯機といった白物(しろもの)家電が、セールの文字とともに並んでいる。

「こちらですわ」

うふふと、橋上さんがひそやかに笑って、俺たちを上の階へと促す。橋上さん、少しキャラが入っていないか？ 狭い階段を上がると、店内の雰囲気は階下とは一変していた。ゲームソフトやそれに類する本、フィギュアなどがガラスケースに陳列され、タペストリーが壁に飾られている。

「ちょっと、橋上さん!?」

菊家さんが慌てて、橋上さんの腕を引っ張る。

「あら、なんでしょうか？」

「ここ、男性を連れてきちゃだめでしょ。なにを考えているの！」

「そうでしたか？」

すっとぼけているが、ここに並んでいる商品はすべて女性向けだ。つまり、パッケージに描かれているのは男性のイラスト。

ゲームはまだいい。全年齢対象なのだろう。学生服姿や、軍服、着物姿など、男性が見ても、カッコイイと思えるものばかり。だが、少し奥に行くと様相が変わってくる。

とくに壁掛け用のタペストリーには、諸肌脱いだ男性が描かれていた。肩と鎖骨が露出し、上目遣いがなんとも色っぽい。もちろん、女性がそう感じる色っぽさで、俺はピクリともしないが。

まあ、ここはフォローしておこう。

「はじめて来たけど、すごいところだね」

「そう言っていただけると思いましたわ。ここは女の欲を財布の中身と交換する場所ですの」

「なるほどね。じっくり見て回りたいところだけど、他のお客さんの迷惑になるみたいだから、今日はやめておこう」

実は俺がここにいるだけで、他の客が硬直している。ゴルゴンかな？

まあ、もとの世界でもエロコーナーに女性が堂々と入ってきたら、男性諸氏は背中を向けて固まるだろう。

「残念ですわ。あそこの抱き枕カバーなど、絶品ですので」

「上半身裸は、難易度が高いね。でも俺の方がもっといい身体してるかな」

「それはぜひ……（ごくり）」

橋上さんが素で生唾を飲み込んだ。

（ごくり）

（ごくり）

後ろから聞こえる二人分は、菊家さんと遠野さんかな。

青野さんは……菊家さんに抱きついて、顔をうずめている。刺激が強すぎたようだ。ここで「あちー」とか言って、胸元のボタンを外したら、どうなるんだろうか。いや、やらないけど。

「なあ、抱き枕カバーの下にある値札。あれ、値段間違えてないか？　携帯ゲーム機が一台買えそうなんだけど」

有名絵師の作品かなにかだろうか。

「限定生産品ですね」

「限定？」

「はい、再販なしの完全限定品です。ゲームの発売に合わせて小ロットだけ製作されたものです。では、上へ参りましょう。お連れしたい場所はそこですので」

よく分からないけど、そういう世界らしい。狭い階段をさらに上がると、今度はオーディオ機器が並んでいるフロアに出た。

音とか映像にこだわりのない俺でも分かる。

「ここにあるの、すごく高いモノなんじゃないの？」

「そういうものが多いですね。一般向けのものでしたら、一階にありますので」

ここには、マニアも納得するものが置いてあるらしい。彼女はなぜ俺をここに連れてきたのだろうか。オーディオ機器の奥には、撮影する機材、パソコンのソフトなどがある。

「宗谷様をここへ連れてきた理由は、これです」

橋上さんは、その中のある一角を指し示した。彼女が俺に見てほしかったもの、それは……。

「アクションカメラ？」

小型のカメラだが、その形状には見覚えがあった。アクションカメラ、もしくはウェアブルカメラとも言う、身体に装着して使ったりするアウトドア系のカメラだ。

「ご存じでしたか……まだ出たばかりなのですけど」

橋上さんが感心している。実はこれ、もとの世界では結構前から発売されていた。動きのあるものが撮影できるとあって、スポーツ業界では常識となっていたのだ。

マリンスポーツや登山、ハンググライダーなど、アクティブな撮影のみならず、マラソン時に装着したり、自転車にくくりつけたりと、俺の周りでも持っている者はそれなりにいた。

「これって、外で撮影するやつだよね。なんで俺に？」

「美しいものを永遠に残しておきたいと思うのは、人類共通の願いではないでしょうか」

人類って……主語がでかいな。

それにこの場合、美しいものって、話の流れから俺のことだよな。

でも、橋上さんの気持ちも分かる。旅行で美しい景色などは、思い出として写真に収めたりする。『十七歳の肖像』とか言いながら、最高の自分を残そうとする人もいる。ナルシシズムと言うなかれ、人は永遠ではないのだ。美しいときに、美しい状態のものを残すのは当然のことだと思う。

「えっとつまり、これを使って、俺の姿を残したいと？」

一応、確認してみた。

「はい。許可さえいただければ、いますぐにでも購入して、わたくしのメモリアルにしたいと考える所存です」

少し変なスイッチが入っている気がするが、あれだ。

アイドルの生写真や、鉄道写真を撮るファンと同じ心情だろう。橋上さんは特区外に住んでいる。ゆえにこれまで男性の写真を直接撮る機会に恵まれたことはなかった。

特区で男性を写すのは難しい。女性がガードしているし、頼んでも許可は得られない。

盗撮ならできるが、やらない方が無難だ。それゆえ、橋上さんはこのアクションカメラを購入していなかったのだろう。俺が許可を出せば、これを購入して撮りまくると。そういうわけだ。

暴走させるとヤバい気もするが、橋上さんの望みというのなら、叶えてあげたい思いはある。

それに実は、考えていることもあったりする。

「橋上さん、それは写真だけ？　それとも映像込み？」

「もちろん、両方ですわ」

「どこかにアップしたりする？」

「いえ、個人で楽しむのみです」

橋上さんは真顔だ。

「もしだけど、俺が望む映像とか、撮影してくれる？」

「……望む映像でございますか？　可能な限り、ご要望には応えたいと思います」

「だったら、いいよ。そのかわり、あとで協力してもらうこともあるだろうけど」

「その言葉、いただきました」

そこからが長かった。事前にカタログスペックは頭に入っていたらしいが、それでもじっくりと時間をかけて、購入するアクションカメラを選んでいた。

「宗谷くん……写真だよ、いいの？」

菊家さんが心配して聞いてくる。

「ちょっとね、考えていることがあるんだ。橋上さんがいると、それができそうな気がする」

「……？」

この世界にも動画サイトがあるが、いまいち盛り上がりを見せていない。再生回数は俺が思っているよりも、かなり少ない。動画を視聴する習慣がまだ根付いていないのだろう。

動物や自然の風景、自身の日常をマメにアップする人はいるし、個々にファンが付いている。それでもまだ、少ない。おそらく、業界として成熟していないのだ。

「バズる」という言葉もない。これはもとの世界より人口が少ないせいではと、俺は考えている。人口が少ないせいで、余裕がないのだ。

遠野さんが、「なにかのインフルエンサーになりたい」と言ったとき、ふと思った。

俺も世の女性たちに、影響を与えることができないかと。

漠然とだが、多くの女性に向けたメッセージみたいなものが出せればいいなと考えていた。

今日、ここに連れてきてもらって気がついた。動画を撮影して、世の女性たちと繋がりを持つのはどうだろうか。

はじめは人気が出ないかもしれない。けれど根気よく続ければ、見てくれる人も増えるかもしれない。だが、俺は機械に詳しくない。操作が複雑になるとお手上げだ。

橋上さんがいれば、その部分はクリアできるのではないかと考えたのである。

撮影機材を買った橋上さんは、ホクホク顔だ。

「それじゃ、中央駅へ戻ろうか」

駅周辺は南が一番発展しているが、その分、訪れる女性が多い。今日、遠野さんや青野さん、橋上さんに連れられて回った場所は、どちらかといえばマイナーなところばかり。

それゆえ、好奇な目はあったものの、大勢に注目されることはなかった。

だが、南側は違う。どこへ行っても、多くの女性がいる。

長居はできないので、雰囲気だけ感じて帰るつもりだ。

「おすすめの店とか、定番の店とかあるけど、どれも宗谷くんを連れていくのは怖いわ」

菊家さんがやや困り顔で、そんなことを言った。

「店には入らなくていいよ。他のエリアと同じで、見所を話してくれればいいし、最新スポットを遠くから眺めるだけでもいいから」

あまり女性が多いと、護衛する彼女たちが大変だ。

「そう？　ならば、少し高級なお店へ行きましょう」

「――ちょっと、そこの！　止まりなさい！」

いきなり、硬質な声に呼び止められた。だれだ？　振り返ると、スーツ姿の女性が四人、早足でこちらにやってきた。

菊家さんが俺を守るように立ちはだかるが、女性たちの視線がどうにもおかしい。

ヒールの音を響かせて、四人の女性は、菊家さんを囲むようにして止まった。

「あなたたち、身分証を見せなさい」

有無を言わさずという口調。そして全員と言いつつ、俺には目もくれない。

「どうしたの？　早くしなさい」

女性たちは、いずれも年齢は四十代の後半くらい。俺たちからすると、親子ほど歳（とし）が離れている。胸元のバッジには『党』という文字が大きく彫られている。これが噂の党人会だろうか。

逡巡していた菊家さんだったが、学生証を見せることにしたようだ。

「ふうん、特区の外に住んでいるのね。男性をこんなところに連れ回して、どういうつもりなのかしら。ことによったら、永久退去措置を取るわよ」

菊家さんは伊月高校の生徒なので、学生証さえ見せれば、フリーパスで特区に来ることができる。これは彼女たちに認められた権利だ。それを永久退去措置とは、穏やかではない。

というか、この人たちが決める話ではない。

「どういうことですか？」

我慢できなかったのだろう。菊家さんが強い口調で言い返した。

四人の女性と菊家さんが対峙している間に、俺はそっとスマートフォンを取り出した。マダム・セラの店で党人会の名前が出たとき、裕子に質問しておいたのだ。

案の定、裕子から返信が届いていた。早い。さすが裕子。

『状況がよく分からないのだけど、簡単に説明するね。いま、国を動かしているのは、華族系議員と官僚系議員、それに党人系議員なの。党人会は、党人系の議員が政界に増えたとき、その下部組織としてできたの。だけどいまは、ほとんど繋がりがないと言われているわ。それより、急にどうしたの？』

俺が急に党人会について質問したので、裕子も不思議がっているようだ。しかし、問題は返信の中身。華族、官僚、そして党人と、難しい言葉が並んでいる。

マダム・セラの店で聞いた話と、この説明だけではよく分からない。

未成年の俺たちにとって、政治はまだ別世界の出来事だ。簡単な説明で理解できる方がおかしい。裕子もそう思ったのか、次の返信には、もう少し詳しく書かれていた。

俺は続きを読んだ。どうやら選挙で当選した一般議員のことを『党人』と呼ぶらしい。

なぜ一般当選した議員を党人と呼ぶのだろう？　よく分からないが、華族や官僚出身の議員は、それに含まれないようだ。

一般議員のことをそう呼ぶのだから、当然、さまざまなグループ、派閥が存在している。ゆえに「これが党人」という定義はないらしい。華族や官僚以外なのだから当然かもしれない。

「こんな歓楽街で男性を連れ回すなんて、良識の欠片もない」

「そんなことありません！」

舌戦が続いていた。

「すぐ口答えして、ほんとに下品。親の顔が見てみたいわね」

「なんですか、それっ！」

菊家さんの顔が険しくなる。後ろから見ていて分かったが、四人の女性たちは、菊家さんを怒らせようとしている。周囲へ視線を巡らすと、集まった人の中に制服を着込んだ女性がいた。

記憶の通りならば、あれは治安維持局の制服だ。彼女らは遠巻きに、俺たちを見ている。

「反抗的な態度だし、この身分証は預かります。おそらく返却されることはないでしょうね」

「なんですって!?」

学生証をしまおうとする女性に菊家さんが食ってかかる。

とっさに俺は、菊家さんの腕を掴んだ。

「えっ？」

菊家さんが驚いている。状況を理解していないようだ。身分証を取り上げられて、頭に血が上っている。ゆえに俺は……。

「そんなに怒ったら、菊家さんのかわいい顔が台無しになるよ」

「えっ!?　かっ、かわいい」

頬(ほお)に朱が差し、いまの状況を一瞬で忘れたようだ。いい感じだ。

「テレた顔がかわいいね」

掴んだ腕ごと引き寄せると、菊家さんの身体は俺の腕の中にすっぽりと収まった。

ギャラリーから「ぎゃー」とも「うわー」という歓声？　いや、悲鳴があがる。

見れば、党人会の女性たちが固まっていた。顔が引きつっているのが、少しおかしかった。

「あ、あの、宗谷くん……公衆の面前で、こ、これはちょっと……」

「えっ、なんだって？」

鈍感主人公よろしく、菊家さんの耳元で「意味が分からないよ」と呟いてみる。

ギャラリーが相変わらずうるさい。俺は菊家さんを抱き寄せたまま、遠野さんに目配せをする。

一緒にマダム・セラの店で話を聞いていたのだ。

きっと遠野さんが、この場をうまく収めてくれる。

遠野さんは、「まかしておけ」とばかりに頷いた。

「ヒューヒュー、妬けるねえ。枯れたオバサンたちには目の毒なんじゃないの？　なんたって、頭の中まで老化しちゃってるから、因縁つけるしか楽しみがないようだしな」

「あるえ？」

遠野さんは、彼女らを煽りはじめた。違うだろ！　さっきの頷きはなんだったんだ？

俺は口パクで、「違う」「この場を収めろ」と伝えるが、遠野さんは分かっていますよとばかり、ウインクを返してきた。いや、分かってねえ。

「年寄りの醜い嫉妬は嫌だねえ……なあ、みんなは、そう思わないかい？」

やはり分かっていなかった。遠野さんは自分の煽りだけでは飽き足らず、ギャラリーも巻き込もうとしている。なぜ、話を大きくしようとするのか。

「あ、あなたたち……」

案の定、党人会の女性たちは怒りに震えだした。額に青筋が立ったのを初めて見た。

「なあ、そっちのみんなもそう思うだろぉ？」

遠野さんは、一流のアジテーターのようにギャラリーを味方につけていく。周囲からも「横暴！」「ヤメロ！」「オバサンはすっこんでろ」「因縁ババア」といった野次が飛ぶ。

最初から俺たちのやりとりを見ていた人たちだ。

「黙りなさい！」

党人会の女性たちが周囲に向かって叫ぶも、それは逆効果。反対に大きなブーイングを食らってしまう。この男女比がぶっ壊れた世界では、女性は総じて男性の味方なのだ。

俺がどちら側に属しているか、この場にいれば、だれでも理解できる。結果……。

「あ……あ、あなたがいけないのよ」

党人会の女性の一人が、遠野さんをひっぱたくマネをした。両者の距離なら、当たるとは思えない。怖がらせて萎縮させるのが狙いだろう。

目の前で暴力が振るわれれば、だれだって反射的に身を躱す。遠野さんも同じだ。手をかざして避けようとした……のだが、それより早く、青野さんが身を投げ出した。

――バチーン

青野さんの頬が激しく叩かれる。本来ならば届かないはずの平手が、青野さんの頬を打ったのだ。あれほど騒がしかったギャラリーが、シーンとなった。

「な、なっ……」

一番驚いているのは、平手打ちをした女性だろう。当てるつもりはなかったのだ。

だが現実は非情。彼女は先に手を出してしまった。

青野さんはスポーツ特別推薦で伊月高校へ入学した。普段の動作からでも、しなやかな筋肉と内に秘めたバネが感じられる。いまそれが、最大限に発揮されたのだ。

あの一瞬で動けたのは、青野さん以外ではありえないだろう。

「……いい絵をいただきましたわ」

スマートフォンを構えた橋上さんがこちらにやってきた。

というか、いつの間にか離れて、この場を録画していた。

「あなた、それ」

「はい。すべて余さず、録画しておりますわ。ほほほ」

橋上さんは優雅に笑うが、それをイヤミと取ったのだろう。党人会の彼女らの顔が歪む。

彼女らは、菊家さんを煽って、先に手を出させようとしていた。だがフタを開けてみれば、多くの女性が見守る中で、先に手を出してしまった。

しかもすべて録画されている。心の中は「こんなはずではなかった」で一杯だろう。

菊家さん、遠野さん、青野さん、そして橋上さんのがんばりで、趨勢はこちらに傾いた。ここまでお膳立てされたのならば、あとは俺が男を見せるしかない。

俺はスマートフォンを彼女らにかざした。

「彼女は俺の連れです。その学生証を返してください。勝手に人の持ち物を取り上げるのは犯罪ですよ」

「こ、これは正当な行為です。は、話はこれで終わりです！」

俺が出てきたことで焦ったのか、強引に話を切り上げようとする。

「では、ボタンを押しますね。治安維持局直通のボタンです。そして会話も記録されます」

「……押してもいいわよ」

「そうですか。もしかして庇ってもらえると思ってます？　俺は誤解する余地がないほどしっかりと伝えましたよね。その学生証を返してください。これで二度目です。この言葉は、周囲の人も聞いています。そうですよね？」

俺が意見を求めると、集まった女性たちの多くが頷いた。

「では押します。俺は見聞きしたことを間違いなくすべて報告します。幸い記録はあるようですし、町の防犯カメラも稼働しているでしょう。そうだ、証人も大勢いましたね。治安維持局は関わった案件を警察に報告する義務があります。俺は引きませんよ」

すると女性は、学生証を菊家さんに投げつけると、「いくわよ」と言って、早足で去っていった。

「なによあれ」

菊家さんが憤慨している。

「怒らせて手を出させて、合法的に処分させようとしたんだと思う」

「えっ？　もしかして私が学生証を取り返そうとしたら……」

「大げさに痛がって、近くにいた治安維持局の職員が菊家さんを拘束する手はずになっていたんじゃないかな。もう消えたけど、さっきまであの辺に立ってたし」

「……なんでそんな」

足下に落ちた学生証を拾い、菊家さんが震えている。実際、間一髪だったと思う。

「党人会は、男性の権利を守ると声高に主張しているんだ。特区条例が次々と書き換えられていくのも、党人会の主張が通っていたりするらしい」

「なんでそんなことを知ってるの？」

「教えてくれる人がいてね」

裕子はすごい。俺の質問だけでこの状況を推理して、有用な回答を追加で送ってくれた。

さすが裕子、『さすゆう』だ。菊家さんがやり合っている間に読み終わって、俺は彼女たちの意図を察した。慌てて割り込んで、間一髪で間に合ったというわけだ。

「党人会の女性たちは、男性と親しそうな女性を引き剝がすのも仕事だと思っているんだ」

「……？」

裕子からの返信はふるっていた。「私の解釈が入っているけど」と前置きした上で、いくつかの活動を教えてくれた。そのひとつが、「男性を守る方向」へ特区条例を変えていくこと。

だが、男性を守ると言っても、言っていることとやっていることに齟齬があると、裕子は思っているらしい。

そこから裕子は、「党人会が認めた女性だけを男性のそばにおきたいのでは？」と推理していた。男性の権利を守ると言いながら、その近くにいる意に沿わない女性を遠ざけている。裕子は、SNSに上がっている党人会の主張や活動をつぶさに調べ、そのような考えに至ったようだ。

先ほどの強引な接触から、俺は党人会にはいい印象は抱けない。そして裕子は信頼できる。

「もし党人会に絡まれても、絶対に手を出しては駄目だよ。それが彼女らの狙いなんだ。学生証を取られたって、あとで合法的に取り返すことができる。なにがあっても先に手を出すのは駄目だ。そうしないと、俺と会えなくなってしまうからね」

「分かったわ。絶対に手を出さない」

「あたしも分かったよ」

「うん、ユウも分かった」

「あのような取るに足らない輩の思い通りにはなりませんわ」

「それでこそ俺の班員だ。さあ、デートの続きをしよう」

ケチはついたが、いまのアクシデントで、俺たちの結束は強まったと思う。

「ですが、特区の治安を預かる治安維持局が敵になったら、どうがんばっても勝ち目はありませんのよ」

治安維持局が敵か。

「さすがにそれはないと思う。おそらく、党人会の考えに賛同しているのは一部だと思うよ。そうでなければ、特区はもっとひどいことになっているし、もっと大きな問題になっているはずだ」

「でしたらいいのですけど……」

「それより、せっかく注目を集めたんだし、このまま行こうか」

「えっ!?」

「きゃぁっ!!」

菊家さんに加えて、橋上さんの腰を抱いた。近くにいたのが悪い。いや、悪くないけど、これはがんばってくれたお礼ということで納得してもらおう。

二人があげたかわいい悲鳴は、ギャラリーの大歓声にかき消された。

俺はギャラリーに手を振って応えた。

「さあ、みんなに見られながらショッピングモールを散策しようぜ。遠野さんと青野さんはこのあとな」

「えっ、こ、このまま……ですか？」

「このまま終わるのはつまらないよな。菊家さんおすすめの店ってどこ？　行ってみようぜ」

あえて勘違いしたままそう促すと、班員たちは「えっ!?」と驚いていた。俺が「さあ、さあ」と、二人を抱き寄せたまま移動する。菊家さんと橋上さんは、従うことにしたようだ。

俺もちょっと恥ずかしいんだけどね。

「……で、菊家さん。どこに行くの？」

「おすすめといいますか、私が知っているお店は雑誌とかで紹介されたものですけど……」

そう言って到着したのは、小さな雑貨店だった。店には小物と文具が半分ずつ置かれている。

ちなみにいまは、遠野さんと青野さんを抱き寄せている。

どこへ行っても、注目を集めることしきりだ。

「それじゃ、適当に見て回ろうか」

そう言うと、遠野さんが真っ先に俺から離れた。四人の中で、一番顔が真っ赤になっている。

「へ、へえ、なかなか良さげなものも揃ってるじゃんか」

遠野さんが、店に置いてあるアクセサリをジャラジャラしはじめた。

照れ隠しなのか、あれだけ腰に付けているのにまだ欲しいのか。

「ここは高い物も多いので、買う機会はあまりないんです」

菊家さんが恥ずかしそうに申告する。

「へえ……」

ためしに、小さなピンバッジをひとつ手に取ってみた。

七百五十円と書いてある。うん、高い。

そういえばもとの世界で俺は、通学鞄にバッジをひとつ付けていた。校則で、他人のものと区別する以上の装飾は禁止されていたので、それくらいしかオシャレができなかったのだが……。

『色即是空(しきそくぜくう)』のバッジはないよなぁ」

なんであんなの、鞄(かばん)に付けていたんだろう。文字のみのバッジ。ただ『色即是空』と書いてあるだけだった。たしかに他の人と区別は付いたが、周囲はどんな目で見ていたのだろうか。

「どうかされましたか？」

「ちょっと黒歴史を思い出してね。……それより橋上さんは、なにか見つかった？」

「わたくしは本日、散財いたしましたので、これ以上となるともう……」

「あー、そうなんだ」

あれだけ真剣に機材を選んでいたしな。もしかすると、帰りの電車賃くらいしか、財布に残っていないのかもしれない。

そもそもあの機材を買うために、長年貯めていた可能性だってある。高校生とはいえ、そうそう自由になるお金は多くないはず。

俺の場合、普段からお金を使うことはないし、今日は賭けに勝ったお金まである。青野さんが回収してきてくれて、いまは俺の財布の中に入っている。

このお金で、みんなになにか買ってあげるのはどうだろうか。

ちょうどいい具合に、この店は小物と文具が中心だ。文具に関しては好みが分からないのであれだが、ちょっとした小物なら、記念にいいかもしれない。

ピンバッジを眺めていると、隅っこで雑に置かれているものが目に入った。

「なんだこれ……ワゴンセールか？」

売れ残りだろう。安っぽいビニールに五個ずつ詰め込まれて、山積みになっていた。

「商品の入れ替えですかね。たしかにあまり人気の出なさそうなものばかりです」

菊家さんがひとつ、手に取って眺めている。

「一袋千円のバッジセットか。他のものに比べると、格安だな」

一個あたり二百円換算。売れ残りとはいえ、仕入れ値からすれば、儲けはほとんどないのかもしれない。そして俺は考えた。「これ、イケるんじゃね？」と。

この男女比がぶっ壊れた世界では、男性がデートのときにお金を出すのは、ある意味タブー視されている。俺が出したいと言っても、彼女たちが譲らない。

もし俺がデート代を出して、それが万一だれかの知るところとなったら、責められるのは彼女たちだ。理不尽だが、それが常識となっている。

そのような理由があるから、俺が彼女たちになにかをプレゼントする場合、あまり高価なものは避けた方が無難だ。もとの世界でも、考え方の違いによって「プレゼントが重い」と受け取られることもある。ならば、このワゴンセール品をプレゼントはどうだろうか。

もとの世界なら、「私はこんな安い女なの？」と怒るかもしれないが、この世界ならばギリギリオーケーな気がしてきた。

「そうと決まれば、どれがいいかな……」

どのビニール袋にも、ピンバッジが五個入っている。売る気がないのか、雑に詰め込んだのか、たった五個の中に、被（かぶ）りすらある。

ガサガサと山の中を見ていくと、五個すべてが同じピンバッジが出てきた。よほど売れなかったのだろう。こんな詰め方、雑ってレベルじゃないだろ。

「なんだこれは……国旗？」

鳥かなにかが意匠化された、変な模様のピンバッジだ。

「これはモンハルト王家の紋章ですわ」

「モン？　橋上さん、知ってるの？」

「たまにネットでネタにされるのですけど、戦争に負けて、男性をみんな連れて行かれて滅んだ国がありまして、そこの王家がこの旗を使っていたのです」

「へー……そりゃ、男性がみんないなくなれば、国が滅びるか」

この世界で男性を失って滅びた王家の紋章なんて、かなり縁起が悪いと思うのだが、なぜそれをピンバッジにしようと思ったのか。

「国土の半分、それも肥沃な土地を失うか、男性を失うか選べと言われて、土地を取った愚かな王だったようです。男性はまた生まれるから大丈夫だと思ったようですが、民が国を捨てて、出ていってしまいました。崩壊は早かったように思います」

「あー……なるほど」

人工授精のない大昔の話だろう。男性はまた生まれるといっても、そもそも男性がいなければ、子が生まれない。民が国を捨てるのは分かる気がする。

「というわけでネット上の話ですけれども、どなたかが馬鹿なことをしたときに、モンハルト王家の紋章を出すのが流行ったことがあるのです」

「するとこのピンバッジは……」

「そのネット人気を当て込んで作られたのかもしれません。ネタとしては面白くとも、縁起が悪いと買う人がいなかった可能性があります」

笑ってしまった。ここで山になっている経緯は、橋上さんの言う通りかもしれない。

たとえネタとはいえ、普通の女性なら縁起が悪すぎて、買う気にならないだろう。

しかし商売は難しいな。ネットで人気だからといって、売れるとは限らないのだから。いやこの場合、このピンバッジを販売した会社こそ、この紋章が相応しいのではなかろうか。

他には、そう、たとえば……。

「逆にそんな選択はしないと、戒めとして持っておくのも、いいかもしれないよな」

反面教師というやつだ。語源は忘れたが、正しい道と間違った道の両方を教育すると、人は悪い手本にならないよう、正しい道を選んでいくようになる話だったはずだ。

それを娯楽番組にしたのが、『しくじ〇先生』だったと思う。

毎回違う教師が出てきて「自分のようになるな」と叫ぶのは、一種爽快だった。

「そうでございますね。むしろ普段目にする分、道を間違わないかもしれません」

「だよな。というわけで、俺はこれを買ってくるよ」

五個セット千円の安物だけど、今日のデート記念に、あとで配ろう。

あちこちで注目を浴びたが、俺たちは十分ショッピングを楽しめたと思う。

最後は四人とも顔を真っ赤にしていたが。

小さなアクシデントもあったが、今日はとても楽しい一日だった。

彼女たちのことも少しだけだが、知ることができた。クラスの女子と仲良くなる。

その第一歩としての活動は大成功だったと思う。

あと家に帰ったら、裕子にお礼を言っておこう。

というわけで別れ際、彼女たちにあのピンバッジをプレゼントしたのだが……。

「――どうしてこうなった」

帰りは俺の最寄り駅まで送ってくれるというので、そこで渡すことにした。

ワゴンセール品の安物だ。さすがにどうかと思ったが、彼女たちとの関係はこれから構築していけばいい。今回はそのきっかけ作り。せめて心を込めて渡そうと思った。

そうしたらなぜか、みんな神妙な顔をしたのだ。反応が微妙なので、最初「あれ？　失敗した？」と思ってしまった。だが、ここでなかったことにはできない。

俺は一人ずつ名前を呼んで、あのピンバッジを渡した。

普段、斜に構える言動や態度が目立つ遠野さんは、まるで卒業証書を受け取るときのような仕草で受け取った。その真面目な態度に驚いてしまった。

菊家さんの場合、まず息を呑み、それからおそるおそる、触れたら感電するのかと思うほどの慎重さで受け取っていた。

橋上さんは、騎士がドレスの裾に口づけするかのような恭しさでそっと手を出してきた。手のひらに載せればいいのだろうと思ってそうすると、臣下が王に拝謁するかのように頭を垂れるのだ。

こういうのを厨二病というのではなかろうか。

そして青野さん。キラッキラの瞳で、逆にこちらが眩しくなるほどの笑顔を向けてきた。純真かつ無垢な笑顔は、これほど破壊力があるのかと知ることになった。

ピンバッジを受け取るだけなのに、四人の性格がよく出たと思う。しかしこれ、一個あたりたった二百円の売れ残りなのに、大げさすぎないか。この世界で体験する彼女たちの姿は、いまだに慣れない。

だがこれで、言わなければならないことがひとつ増えた。

「それじゃ、俺から命令をひとつ言うね」

「命令……でございますか？　なんなりと」

「いま配ったピンバッジは班員の証しってことで、鞄に付けてきてね。少なくとも今年一年間は外さないように。俺も付けるからさ」

「それって、ユウとおんなじってこと？」

「そうだよ、青野さん。俺たち五人はこれを付けるんだ。イカしてるだろ？」

「うん!!」

青野さんは大賛成のようだ。菊家さんはポーッとしている。聞こえているのか、どうなのか。橋上さんはもちろんですと頷いている。遠野さんは早速服に付けていた。あちこちに鎖を通す穴が開ている服は便利だな。

「それじゃ今日はありがとうな。楽しかったぜ」

俺も家に帰ったら、鞄につけよう。実は女の子とお揃いの小物は、憧れていたのだ。だって、こういうのこそ『青春』だろ？


彼女たちとのデートを終えて、家に帰ってきた。

「タケくん、おかえり」

「ただいま、姉さん。これ、お土産」

「ありがとう。これ、もしかして……GOLUVA(ゴルバ)のチョコ？」

紙袋を見ただけで、中身が分かったようだ。

「うん。中央駅に店を見つけたんで買ってきたんだ。受験勉強には糖分が必要だと思ってね」

今日、高校の班員と出かけることは告げてある。中央駅に行ったことも把握しているだろう。姉は、紙袋を握りしめてプルプルと震えている。トイレかな？

「ありがとう！　大切に飾っておくね」

「食べてよ！」

冗談だと思うが、マジに飾られたら、本気で引く自信がある。

紙袋を前にして二礼二拍手一礼しているけど、本当に飾らないよな？

「それでタケくん、中央駅はどうだったの？　怖くなかった？」

「そうだね。思ったより、女性が多かったかな。というか……あれ？　そういえば男性の姿を見なかったような」

それほど歩いたわけではないが、男性はいただろうか。いくら男性の数が少ないとはいえ、家の近所ではたまに見かけるのに、中央駅では皆無だった。思い返してみればおかしい。

「うーん、休みの日でしょ。用事があっても、だれかに頼めばいいわけだし、休日にわざわざあそこに行くことはないんじゃないかしら」

「なるほど……でも、それだと普通の男性って、休みの日はなにをしているんだろう？」

俺の言葉が不思議だったのか、姉はきょとんとした。

「学生は勉強でしょ？　タケくんもそうだったじゃない」

「まあ、そうだけど」

俺の記憶だと、休みの日は家で本を読むか、勉強をしていることが多かった。驚くことなかれ、男性は娯楽を楽しむという気持ちが薄いのだ。ストイックというより、世に溢れる女性向けの諸々が多すぎて、興味がないのだと思う。

女性向けの町に、女性向けのテレビ、雑誌、マンガ……経済を回しているのは女性だ。

必然、女性をターゲットにした商品ばかりが目に入る。

それを楽しめる男性ならばいいが……と、そこまで考えて思い出した。

もとの世界の話だが、中学に上がったばかりのとき、柔道のやりすぎで肩に炎症をおこしたのだ。最初肉離れかと思って放っておいたら、痛みが激しくなって、近所の整形外科に通った。

待合室には、女性向けの雑誌ばかり置いてあった。手に取ってペラペラとめくってみたが、まったく面白くない。こんなのを読む人がいるのだろうかと、不思議に思ってしまった。

何ページにもわたって、流行のネイルや最新のコーデが特集されていたので、その雑誌には二度と手を出さなかった。

そういえば銀行に行ったとき、何気なくラックにあった資産運用の冊子を手に取ったが、読んでも意味がまったく分からなかった。

人は興味ないことに対して、まったく頭が働かない。それと同じだろう。

男性は、女性向けのテレビや雑誌をわざわざ見たいとは思わない。外に出ても同じだ。

目に入るのは女性向けのものばかり。

結局、家で好きな本を読むか、勉強くらいしかすることがないのだ。

そして世の男性は、こんな環境でも文句ひとつ言わない。

「そう考えると、みんな真面目だよね」

マイノリティゆえの窮屈さを感じているだろうに、だれも声をあげていない。

「男の人はみんな、将来のことを考えているからでしょ」

「将来か……一般的な男性の将来って、なんだろう？」

将来の夢は、世相を反映すると言われている。もとの世界で、「末は博士か大臣か」という言葉を聞いたことがある。いまならば、スポーツ選手や芸能人、動画実況者などだろうか。医者や弁護士、公務員なんて堅実な職業もあがるだろう。

「男性の将来の夢？　たしか、毎年公務員がトップね。他だと、医師や研究者、弁護士なんかが続くかな」

「へえ、やっぱり堅い職なんだね。……けど、公務員がトップなのか。安定しているから？」

堅実すぎると思っていたら、姉が説明してくれた。

公務員というのは、かなり広義な意味で使われているらしく、役所の職員以外にも、教師や警察官も含まれるらしい。それらを総合すると、ダントツで一位になるそうな。

なるほどと思う。学校の先生になる男性は多い。医者もそうだ。身近だったこともあるだろうが、現場で求められているからというのも大きいだろう。公務員は安定しているという以上に、民間に就職したくないという意識が働くからかもしれない。

もとの世界だと、途上国の子供たちの夢は、医者や教師が圧倒的に多いらしい。それだけ求められているからだろう。ゲームクリエイターやお菓子屋さんになりたいと言う途上国の子供たちはほとんどいないのではなかろうか。そういうのは、衣食住が事足りていて、インフラが整っている国だからこそ、出てくる発想かもしれない。

では、この世界の男性はどうだろうか。自由に外出していいとはいえ、中央駅のような繁華街に出かける男性はいない。身の回りにある娯楽も、女性向けのものが多い。採算度外視で男性向けの商品も提供してくれる会社はあるだろうが、選択肢は限りなく少ない。

そんな状況だから、男性は『夢』が持てないのかもしれない。

いまさらだが、もとの世界で当たり前のことが、この世界では違うことに気づかされる。

「なんか、男も大変だね」

「そうね。圧倒的に数が少ないのは、ものすごいハンデだと思うわ」

姉もそれは分かっているようだ。

部屋に戻り、裕子にお礼のメッセージを送る。

返信はすぐに来た。やはり、あれからずっと気になっていたようだ。

隠してもしょうがないので、高校の班員と交流するため、中央駅に行ったことを告げた。

そこで党人会の女性たちに絡まれた話をすると、しばらくして「こっちでも調べてみる」と返信があった。それと、あまり危険なことをしないようにと、しっかり釘(くぎ)を刺された。

菊家さんを庇うため、党人会の女性たちとの間に入ったのは後悔していない。

衆人環視の中だったからよかったが、これからは気をつけることにしよう。

しかし、男性も女性も何気に我慢を強いられている。

社会をうまく回すためには、仕方ないのは分かる。みながその感情のおもむくまま行動したら、大変なことになるのだ。だが、すべてこのままでいいとは、俺は思わない。

少なくとも俺の周囲にいる女性たちは幸せにしたいし、淳（あつし）を含めて、男性たちが生きにくいこの環境も変えていきたい。

「男性が安心して特区外に出かけられるように……は、さすがに先の話だな。まずは自由に公園や店に行けるくらい自由になれればいいな」

女性の意識が変われば、男性の意識も変わる。逆もまたしかりだ。

まだ十五歳の俺がなにか言ったところで社会がすぐに変わることはない。

だけど、人生は長いんだ。徐々に変えていけばいい。俺ができることをコツコツとやっていこう。仲間を集めて、信頼を得て、みんなで変えるんだ。

目標は決まった。俺は、なにから始めればいいのだろう。

「まずは、周囲の女性だよな。だとすると……やはりクラスメイトか」

真琴たちと噴水公園へ行って、親睦が図れたと思う。いままでのお礼として『Free Hug 券』も渡せた。

今日、菊家さんたちと中央駅へ行った。たった一日だったが、ずいぶんと距離が縮まった。

だとしたら、次は俺が通う伊月高校一年一組のクラスメイトと親しくなろう。

せっかくこれから一年間、一緒に過ごすのだから。

「自己紹介文はもらったし、彼女たちと親しくなるには、どうしたらいいかな」

それを考えると、ニヤニヤが止まらない。

本当にこの世界に来てよかったと思う。異世界さいこーだぜ!!

◆高校の班員　青野由宇「それだけは譲れない」

「はぁ？　日曜日の練習休む？　なに寝ぼけたこと言ってんの。いいから出なさい」

陸上部の先輩は話にならないと、首を横に振った。

スポーツ特別推薦枠で入学した青野由宇は、陸上部に所属することが義務づけられている。

当然、練習でも他の部員の先頭に立ち、模範を示す必要がある。

私用で休みたいなど言語道断だ。だが由宇は譲らない。

「その日はどうしても外せない用事があるんです」

次の日曜日は、班員たちと中央駅へ行く。

由宇にとって、それは部活の練習よりも大事なことだった。

だが、先輩にも立場がある。軽々しくはいそうですかと、頷くことはできない。

「あなたは入学したばかりで分からないかもしれないけど、試合に出られるのはほんの一握りなの。練習を休んで、試合だけ出場したいなんてワガママは通らないんだから」

分かったら、練習に出なさいと先輩は諭すが、それでも由宇は譲らない。

しかも「どうしても外せない用事がある」の一点張りだ。これでは話にならない。

「その外せない用事というのは、なんなの？」

　一体どんな理由があるというのか。気になった先輩が尋ねるも、由宇は黙ったままで、一向に語ろうとしない。もちろん由宇だって、正当な理由を伝えて休みをもらいたい。伊月高校は共学校なのだ。男性から頼まれたと言えば、ある程度の融通はきく。そもそも今回は、中央駅という女性ばかりが闊歩（かっぽ）する場所へ赴くのである。一人でも多くの班員がついていて、しかるべきである。

　ではなぜ由宇は、頑（かたく）なにそのことを告げないのか。

　それは自分を誘ってくれた宗谷武人を慮（おもんぱか）ってのこと。

　男性と一緒に中央駅へ行くから休む。

　その一言が拡散した場合、彼が不利益を被る可能性があった。ゆえに由宇は言えなかった。

「なにも言えないんじゃ、許可は出せないわよ」

　この話はもうお終（しま）いと、先輩が話を切り上げたとき、部室の扉が開かれた。

　部員が来たのだろうとそちらを見たが、そこにいたのはまったく知らない人物。入部希望者かと考えていると「待ってください！」「由宇の話を聞いてください」などと、訴えはじめたではないか。

「……あなたたち、だれ？」

「みんな」

　由宇はだれか知っているようだ。先輩は彼女に聞こうとするが、その前に「ちゃんと由宇の話を聞いてください」「べつに一日くらい、休んだってよくね？」「理由は申し上げられませんが、そういうこともあるのではないですか？」と、口々に喚きはじめた。

「ちょ、な、なに？」

「ですから「だからっ」」

声がサラウンドで聞こえ、先輩は耳を押さえた。

「順番に！　なによもう、急にやってきて、なんなの？」

聞けば、彼女らは由宇の班員だという。伊月高校において、班員は運命共同体だ。

一年間ともに学び、ともに遊び、ともに成長していく存在。

そんな彼女らが、理由は言えないが由宇が部活を休むのを認めてほしいと言ってくる。

口調と眼差しは真剣そのもの。これには先輩も参ってしまった。

上級生は下級生を指導する存在。

だがその指導されるべき下級生は、熟考を重ねた上で欠席を申し出てきた。

理由は言えないが、日曜日の練習は休みたい。どうかそれを認めてほしいと言ってくる。

結局先輩は、由宇の不参加を認めることにした。「よかったね」と涙ながらに喜ぶ四人を見て、先輩は「まったく……しょうがないな」とため息をついた。

そして当日。

「あれ？　青野はどうした？」

陸上部の部長が、グラウンドにいない由宇を探しはじめた。

「すみません、部長。青野は自分が用を言いつけました」

「用……？」

部長は首を傾げたが、一年生の面倒は彼女に任せている。

その彼女が言うのだから、必要なことなのだろうと考えた。

「そうか。じゃ、練習をはじめるぞ。まずはランニングだ。一年、前に並べ！」

「「はーい！」」

こうして由宇不在のまま、陸上部の練習が始まった。

◆武人の友人　久能淳「やってきた話」

その日、淳が家に帰ると、珍しく母の江美がぼーっとしていた。

「ただいま、お母さん。どうしたの？」

「ああ、淳？　お帰りなさい、いま帰ったの？」

手芸や刺繍の講師をしている江美は、家でも大抵なにかを製作している。

淳が帰った通知すら気づかずいるのは、ここ数年、一度もなかったことだ。

「なにか心配事？　心ここにあらずだけど」

やりかけのまま放置された布が、テーブルの上に散乱している。

「うーん……ちょっとね。これは淳にも関係することだし、聞いてもらった方がいいかしら。さっき、美東の上の方から変な話があったのよ」

「……？」

上とは株式会社美東の経営陣ことだろう。美東ホールディングスの傘下である株式会社トップステップは、株式の大部分を美東に握られている。持ち株会社というやつだ。

強力な資本に守られている反面、美東の経営方針に従っている。

そんな美東の経営陣が、江美に何の話があるのか。

「以前お世話になった華族系議員の使いの者が来て、新しい計画があるので、それに相応しい人がいないか、打診があったらしいの」

「新しい計画って？」

「報道前なので、詳しい話はできないらしいわ。京都の方で大きな計画があるとか。もしかすると、そっちに行ってもらうかもって」

「ふうん？　お母さんだけってことはないよね。京都というと……大阪特区から通うことになるのかな。さすがに大変じゃない？」

「そうなのよね。上の人たちも首を傾げていたわ」

今回は、ただの下話だろう。それに別段、江美を狙い撃ちしたわけでもないらしい。

「傘下企業の中にも、息子を持つ親御さんがいらっしゃるでしょう」と言っていたとか。

いきなり来て、こんな話をはじめたら「おととといいらしてください」と追い払うのが普通だ。

それでも話を聞いたのは、美東側の温情だ。

もっとも、聞きもしないで生じる不利益を恐れたのだが。

「息子を持つ親御さんって、母さんのことだよね」

「そうね。求められているのは淳の方みたいだけど」

「お母さん、仕事を変えるの？　美東だって嫌がるよね」

「それがね、十分な代わりを用意するって言っているのよ」

ちゃんと満足する補償も用意すると太鼓判を押していたらしい。

それゆえ美東の経営陣も困り、直接江美へ連絡してきた感じなのだとか。

「なんか要領を得ない話だよね。代わりってのは、気になるけど」

「息子を持つ母親を引き受ける代わりに、男性社員を転職させるって」

「……んんっ？」

さすがに淳も怪訝な顔をした。男性社員は貴重である。

それを転職させるというのは穏やかな話ではない。

そもそも江美自身に価値はない。あるのは淳だ。だが、淳に価値が出るのは高校卒業後。

「……お母さん、最初の話に戻るけど、相手が求める『相応しい人』ってなに？」

もともとの話は「相応しい人がいないか」という打診だったはずだ。

「相手が求めているのは、独身男性社員か、男子学生みたい」

「…………」

つまり、代わりとしてやってくる男性は、独身ではないのだろう。

そして相手は、社会人や大学生でも……それどころか、高校生でも構わないらしい。

相手は何を求めているのか、淳と江美は互いに顔を見合わせた。

◆武人の叔母　宗谷美奈代(みなよ)「まさかの出向」

私は長野の片田舎で、一生を終えるつもりでいた。早く就職して、早くお金を貯めて娘を産もう。娘の成長を見ながら、穏やかに過ごそう。

それが私の人生だと、子供の頃からそう思っていた。

母は長距離トラックの運転手をしていて、いつも家にいなかった。

私は、二歳上の姉に育てられたと言っていい。思い返せば姉は早熟で、責任感の塊のような人だった。姉は文句ひとつこぼすことなく、私の面倒を見てくれた。

姉は中学生になるとすぐに、母のツテを使って運送会社でアルバイトをはじめた。

そのままそこへ就職してしまった。姉はすぐに難しい仕事を任されるようになり、独学でプログラミングを学ぶようになった。一度、なぜそんなことをするのか聞いたことがある。

姉は笑って、「人と荷の動きを制御すると、業務効率が格段に上がるのよ」と言っていた。

よく分からないけど、すごいことなんだと思えた。私はというと、とくに考えることもせず、母や姉が勧める役所勤めを目指すようになった。幸い勉強ができたので、地方公務員になるのは、それほど難しいことではなかった。そんな私に転機が訪れた。いや違う、訪れたのは姉だ。

姉は、人工授精で二人目を産むと言いだした。すでに一人産んでいるため、後ろ指さされることはなくなったが、もう一人、娘が欲しいらしい。そう宣言した翌年、姉は男児を産んだ。

この時代、男児は千人に一人くらい。姉は、その千分の一を引き当てたことになる。

「美奈代、私は特区に行くわ」

こんな田舎では、男の赤ちゃんの噂なんてすぐに広まる。誘拐だっておこるかもしれない。できるだけ早く、特区で育てた方がいい。だから私は賛成した。すると姉はこう言った。

「かならず呼び寄せるから、あなたは特区に住める資格を得なさい」

無茶振りにも程がある。ただの地方公務員に、特区の役人になれと言っているのだ。

同じ公務員でも中身は段違い。だけど私は、こう答えた。

「――分かった」

これまでの恩もあり、私は死に物狂いでがんばった。姉が去った家は閑散としていたけど、寂しくはなかった。寂しがるヒマなど、どこにもなかった。それだけ勉強が忙しかったわけだが。

結果、難関と言われる試験を私はパスし、中央府に就職することができた。

「家は用意したから、一緒に住めるわ。けど、あなたも子を産む必要があるわね」

そうなのだ。人口を維持するためにも、成人すると最低一人は子を持つのが、良識ある大人とされている。中央府で働き、特区に住んでいる私が、いつまでも子を持たないと、どんな陰口を叩かれるか分からない。

結局、私は娘を二人も産んだ。幸い、我が娘――萌と咲は、すくすくと育ってくれている。姉の子である武人くんも、素直でいい子だ。

このまま平穏無事な日々を送ることができればいい。そう考えていたのだが……。

「宗谷さん、中央局へ出向命令が出ています」

「ちゅ、中央局？　私がですか？」

中央局はエリート揃いで有名なところ。一方私は、広報局の所属。

同じ中央府とはいえ、広報局と中央局に繋がりはない。出向とは……なぜ？　どうして？

所属が変わる場合は『異動』という。中央府広報局から、中央府中央局へ異動と言われれば、所属からなにからすべて変わる。今回、私が言われたのは出向だ。『出向』の場合は、所属を広報局に残したまま、中央局の指示に従って業務をこなすことを言う。

「待っていましたよ、宗谷美奈代さん」

中央局へ挨拶に伺ったところ、篠千尋主任が出迎えてくれた。

エリート揃いの中央局の中で、主任職に就けるのだから、中でも相当できる人なのだろう。

それが私に微笑みかけ、手まで差しだしてくる。これは一体、なんの冗談か。

「ありがとうございます。精一杯やらせていただきます」

「期待しているわ。早速だけど、あなたには極秘プロジェクトに参加してもらいたいの」

「ご、極秘プロジェクトですか……？」

ただの広報職員には、荷が勝つ話では？

「ええ、他局ではまだ聞いてないでしょうけど、いま中央局では『ネオ特区計画』というものが進行しているの。簡単に言えば、これまでの特区制度では実現不可能だった諸問題を解決するため、新しい特区をひとつ、作ってしまおうという計画ね」

なるほどと、私は納得した。いまの特区は、男性と女性の双方から不満があがっている。もちろんどんな完璧な組織・制度を作ったとしても、不満は消えないだろう。

だが、改革を望む声を無視して現状を維持していくのは、褒められたことではない。

「既存の特区制度の枠にとらわれないものを構築するためですね」

「分かってくれて嬉しいわ。いまは仮に『ネオ特区』と呼んでいるけど、そこでは男性がのびのび、自由に暮らせる環境にしたいと思っているのよ。これまでのように申請を出せばだれでも入れるような場所だと、結局男性の行動範囲は、家、学校、職場周辺に限定されるでしょう?」

「そうですね」

女性が圧倒的に多いのだから、混雑する場所へ行ってもいいと言われても、ほとんどの男性は首を横に振る。特区には、行ってもいいけど行けない場所がたくさんある。

中央駅周辺などがそうだ。あそこへ足を向ける男性は相当な変人だ。

「恋愛もそう。男性は結局、相手の家柄を重視するわ。それはそうよね。自身の将来に直結するのだから」

「分かります」

通い婚にしろ、同居婚にしろ、力のない伴侶と一緒になった男性が不幸になるのは、往々にしておこりえる。

たとえば私が男性と婚姻したとする。目の前の篠主任が嫉妬して、私を仕事から干すことだってありえる。理由を付けて解雇されることも。

無職となった私は、男性に養ってもらうのか？　それはできない。だが、中央府以上の職場へ再就職などできないし、転職先で同じことがおきることも考えられる。

だから男性は、地位や権力、歴史的な重きがある家柄の女性を選ぶ傾向にある。

それは致し方ないこと。残りの人生に、変な横やりを入れられたくないのは、だれも同じだ。

「私はネオ特区で、男性に自由恋愛をしてもらいたいと思っているわ」

「あの……できるんですか？　そんなこと」

「ええ、ネオ特区に住める女性は十分に吟味して、厳選させてもらうつもり。どの子を選んでもいいくらいに、しっかりと見極めたいわね」

外から女性が自由に入ることのできない空間にいるのは、どこに出しても恥ずかしくない女性ばかり。ならば、男性はどの女性を伴侶に選んでも問題ないはず。たしかに理にかなっている。

だけど、果たしてそれでいいのだろうか。決められた枠の中で、「さあ、自由に選んで」というのは、本当に自由と言えるのか。

「あなたは広報経験者です。より多くの場所に行き、より多くの人の意見を聞いてきたと思います。その経験をネオ特区計画に生かしてほしいのよ」

たしかに私は、広報業務のため、特区内外へ出かけていく。もともと特区外に住んでいたため、そういうのは苦にならない。特区外の人との対談や取材、ときには現場体験などもしてきた。

「私にできるでしょうか」

「ええ、期待しているわ、宗谷さん。ともにがんばりましょう」

「はい、微力ながら、全力を尽くさせていただきます！」

「ぜひ、ネオ特区計画を成功させましょうね」

「はい！」

こうして私は、中央局の極秘計画に加わることになった。

あとがき

はじめまして、またはお久しぶりです、茂木鈴です。

まずは、本作品に興味を持っていただけた方全員に感謝を。そして出版に協力していただいた皆様に謝辞を。読者、関係者の皆様、本当にありがとうございます。

てつぶた様には、素敵なイラストをたくさん描いていただきました。多くのデザイン案を提示していただき、髪の色、肌の色、胸の大きさなど、細かいところまで修正を加えつつ完成にいたりました。とても魅力あるキャラクターができあがったと思います。ここだけの話、リエの髪色だけで、小一時間悩みました。

さて、拙作『男女比がぶっ壊れた世界の人と人生を交換しました』ですが、いかがだったでしょうか。

物語を書き始めるとき、私は世界観の構築から入ることが多いです。これから紡いでいく物語はどんな世界なのかを想像するのが、とても楽しいからです。

今回は「モテない男性がモテる世界に行ったら、どうなるだろう」と考えたのがはじまりです。

少しずつ世界を構築し、イメージが固まったところで、バックグラウンド（その世界の歴史）を考えました。他国との関係、経済や政治、娯楽、人々の価値観なども考えています。

十の設定を考えても、採用するのはその中のひとつくらいです。民放各局やその冠番組、有名なタレントとその人たちの考え方、各地にいる旧家、名家の人たち、その派閥や互いの関係性、貿易相手や貿易品目、財閥とその得意分野などを考えましたが、ほとんどお蔵入りでしょう。

その分、なんの準備をせずに読み始めても、スッと頭に入る物語を目指しました。分かりやすさ重視です。もしそう感じていただけたら幸いです。ガッツポーズします。

その後ようやくキャラクターの作成になります。主人公はきっと自分に自信がないから、最初は戸惑うだろう。女性と接するうちに、心に変化が訪れるはず。でも、変化に順応するのは難しいのでは？　ときには失敗もするだろうと、主人公の内面と環境に肉付けしていきます。

周囲のキャラクターができてきて、イベントが思い浮かぶのもこの頃です。

ここから先は書いては破いての繰り返しです。one of them ですね。

この作業は苦しみでもあり、楽しみでもあります。読者の喜ぶ姿を想像しながらですから、楽しみの方が強いでしょうか。

こうしてできあがったのが本作です。どうでしょう、楽しんでいただけましたでしょうか？

よろしければ感想、レビュー、ファンレター、なんでも構いませんので、応援いただければ励みになります。

それではまた、皆様に会える日を願って。

◉宗谷武人（人生を交換した後の俺）

◉白穂

◉時岡真琴

◉佐々木裕子

◉江藤リエ

◉遠野彩乃

◉菊家友美

◉橋上雛子

◉青野由宇

男女比がぶっ壊れた世界の人と
人生を交換しました

ムゲンライトノベルスをお買い上げいただきありがとうございます。
作品へのご意見・ご感想は右下のQRコードよりお送りくださいませ。
ファンレターにつきましては以下までお願いいたします。

〒162-0822
東京都新宿区下宮比町2-26 KDX飯田橋ビル 5階
株式会社MUGENUP ムゲンライトノベルス編集部 気付
「茂木 鈴先生」／「てつぶた先生」

男女比がぶっ壊れた世界の人と人生を交換しました

2023年4月26日　第1刷発行

著者：茂木 鈴
イラスト：てつぶた

発行人　伊藤勝悟
発行所　株式会社MUGENUP
〒162-0822 東京都新宿区下宮比町2-26 KDX飯田橋ビル 5階
TEL：03-6265-0808（代表）　FAX：050-3488-9054
発売所　株式会社星雲社（共同出版社・流通責任出版社）
〒112-0005 東京都文京区水道1-3-30
TEL：03-3868-3275　FAX：03-3868-6588
印刷所　株式会社シナノパブリッシングプレス

カバーデザイン◉spoon design（勅使川原克典）
編集企画◉株式会社MUGENUP
担当編集◉竹中彰

Printed in Japan
ISBN 978-4-434-31835-1 C0093